たったひとりの
サバイバル・ゲーム!

極《ごっ》寒《かん》の雪《ゆき》山《やま》を脱《だっ》出《しゅつ》せよ

トレイシー・ターナー 著
岡本由香子 訳
オズノユミ イラスト

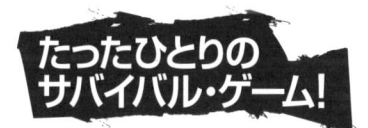

注《ちゅう》意《い》！

この本《ほん》に書《か》かれている内容《ないよう》は、特殊《とくしゅ》な

状況《じょうきょう》を想定《そうてい》したサバイバル知識《ちしき》です。

実行《じっこう》する場合《ばあい》は、危険《きけん》がないか気《き》をつけ、

おとなに付《つ》きそってもらいましょう。

専門家《せんもんか》に教《おし》えてもらうのが理想的《りそうてき》です。

わからないことがあれば、

信頼《しんらい》できるおとなにたずねてください。

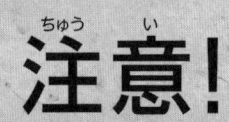

南《みなみ》アメリカ

カラカス
ポート・オブ・スペイン
ベネズエラ
ジョージタウン
ガイアナ
パラマリボ
カイエンヌ
スリナム
フランス領《りょう》ギアナ
大西洋《たいせいよう》
ボゴタ
コロンビア
キト
エクアドル
ペルー
ブラジル
リマ
アンデス山脈《さんみゃく》
ラパス
ボリビア
ブラジリア
アタカマ砂漠《さばく》
パラグアイ
アスンシオン
太平洋《たいへいよう》
チリ
ウルグアイ
ブエノス
アイレス
サンティアゴ
モンテビデオ
アルゼンチン
スタンリー
フォークランド諸島《しょとう》
ティエラ・デル・フエゴ

サバイバルを始《はじ》める前《まえ》に

この本《ほん》の主人公《しゅじんこう》は、キミだ。キミの判断《はんだん》が、物語《ものがたり》の結末《けつまつ》をきめる。

これからキミが足《あし》をふみ入《い》れるのは、南《みなみ》アメリカ大陸《たいりく》の、アンデス山脈《さんみゃく》だ。けわしい山々《やまやま》がそびえ、いてつく氷河《ひょうが》が広《ひろ》がり、うなりをあげる風《かぜ》や雪《ゆき》がおそってくる。

ページをめくると、冒険《ぼうけん》をどう進《すす》めるか、選択肢《せんたくし》が用意《ようい》されている。直《ちょっ》感《かん》、知識《ちしき》、知恵《ちえ》をはたらかせて、ひとつをえらんでほしい。

たとえば、こんな選択《せんたく》をせまられる――

●きばをむきだしたピューマから、どうやって逃《に》げる？

●なだれにまきこまれそうになったら、どうすればいい？

●目《め》の前《まえ》に氷河《ひょうが》やこおりついた湖《みずうみ》があったら、どうする？

ほかにも、まちがえたら死《し》につながるような、おそろしい選択《せんたく》の場面《ばめん》が、キミを待《ま》っている。

読《よ》み進《すす》めていくうちに、生《い》きぬくために必要《ひつよう》な知識《ちしき》が、どんどん身《み》についていく！

さあ、キミのサバイバル力《りょく》をためすときがきた！

冒険《ぼうけん》は次《つぎ》のページから始《はじ》まる！

1

つめたい！　びくっとして目《め》を覚《さ》ました。顔《かお》に、水《みず》がかかったらしい。なん度《ど》かまばたきをしてから、体《からだ》を起《お》こす。

目《め》の前《まえ》には、まっ白《しろ》な雪《ゆき》におおわれた山々《やまやま》が広《ひろ》がっている。

今《いま》いるのは、岩《いわ》と岩《いわ》のあいだだ。さいわいなことに、リュックサックが、ちょうど雪《ゆき》と風《かぜ》を防《ふせ》ぐような角度《かくど》ではさまっていた。ひどく寒《さむ》いが、なん枚《まい》も重《かさ》ね着《ぎ》しているので、しばらくはたえられそうだ。


どうして、こんなところで気《き》を失《うしな》っていたんだろう？

思《おも》い出《だ》すまでに、少《すこ》し時間《じかん》がかかった。

そうだ、南《みなみ》アメリカ大陸一《たいりくいち》の山岳地帯《さんがくちたい》、アンデス山脈《さんみゃく》に、家族《かぞく》といっしょにトレッキング旅行《りょこう》にやってきたんだ。でも、季節外《きせつはず》れの吹雪《ふぶき》におそわれ、家族《かぞく》とははぐれてしまった……。

時計《とけい》の針《はり》は、十一時《じ》をさしている。

吹雪《ふぶき》におそわれたのは、なん時間《じかん》も前《まえ》だ。きっと頭《あたま》でも打《う》って、気絶《きぜつ》していたんだろう。凍死《とうし》せず、生《い》きて目《め》を覚《さ》ますことができたのは、運《うん》がいいと思《おも》った。

立《た》ち上《あ》がって、家《か》族《ぞく》の名前《なまえ》をさけんだ。遠《とお》くから、山《やま》びこがかえってくる。

ひっしで耳《みみ》をすま

したが、よびかけにこたえる声《こえ》は聞《き》こえない。あきらめられなくて、もう一度《ど》、さけんだ。でも、周囲《しゅうい》はしずまりかえっていて、聞《き》こえてくるのは、雪《ゆき》どけ水《みず》がしたたる音《おと》だけだ。

青《あお》い空《そら》を見《み》あげると、高《たか》いところを、コンドルがぐるぐるまわっている。

どっちへ行《い》けばいいのか、さっぱり見当《けんとう》がつかない。

ひとりぼっちだ。

自分《じぶん》ひとりで、なんとか人《ひと》のいる場所《ばしょ》まで行《い》って、助《たす》けてもらわなければいけない。

リュックサックに入《はい》っているものを、調《しら》べてみる。

アイゼン（雪《ゆき》や氷《こおり》の上《うえ》を歩《ある》くとき、ブーツの底《そこ》につけるすべりどめの器具《きぐ》）と、防寒用《ぼうかんよう》のアルミ毛布《もうふ》が二枚《まい》、保温性《ほおんせい》の高《たか》い水筒《すいとう》もある。それからビニールぶくろに入《はい》ったマッチと、汗《あせ》をすって発熱《はつねつ》する肌着《はだぎ》が数枚《すうまい》、アーミーナイフ、シャベル、それに懐中電灯《かいちゅうでんとう》だ。

いろいろ使《つか》えそうなものがあって、少《すこ》し、ほっとする。
リュックをせおって、とにかく歩《ある》きはじめた。

どうやって生《い》きのびる?

2 3 を読《よ》んで、アンデス山脈《さんみゃく》にかんする知識《ちしき》を身《み》につけよう!

2

アンデス山脈《さんみゃく》は、南《みなみ》アメリカ大陸《たいりく》の西海岸《にしかいがん》にそって、七〇〇〇キロメートル以上《いじょう》もつらなる山脈《さんみゃく》だ。北《きた》はベネズエラの熱帯雨林《ねったいうりん》から、南《みなみ》はチリの南《みなみ》はしまでのびていて、山脈《さんみゃく》としては、世界一長《せかいいちなが》い。アジア地域《ちいき》をのぞけば、地球上《ちきゅうじょう》でもっとも標高《ひょうこう》の高《たか》い場所《ばしょ》でもある。人《ひと》をよせつけない、きびしい自然《しぜん》の中《なか》、道《みち》にまよい、消息《しょうそく》をたった人《ひと》は数《かぞ》えきれない。

生《い》きて脱出《だっしゅつ》したいなら、よく考《かんが》えて行動《こうどう》しなければならない。

パタゴニアン・アンデス

パタゴニアン・アンデスには、雄大《ゆうだい》な山脈《さんみゃく》、氷河《ひょうが》、かがやく湖《みずうみ》といった、息《いき》をのむ美《うつく》しい風景《ふうけい》が、百万平方《ひゃくまんへいほう》キロメートル以上《いじょう》にわたって広《ひろ》がっている。

キミが雪山《ゆきやま》に取《と》りのこされたのは十一月《がつ》で、四月《がつ》までつづくトレッキングシーズンが、始《はじ》まったばかりだ（この時期《じき》は、ちょうど南半球《みなみはんきゅう》の夏《なつ》にあたる）。夏《なつ》とはいえ、山《やま》の気候《きこう》は思《おも》っていたより変《か》わりやすく、吹雪《ふぶき》にまきこまれてしまった。

「パタゴニア」は、国《くに》ではなく地域《ちいき》の名前《なまえ》だ。南《みなみ》アメリカ大陸南部《たいりくなんぶ》の、チリとアルゼンチンにまたがる地域《ちいき》をさす。

アンデスにひそむ危険《きけん》

最大《さいだい》の敵《てき》は、つめたい風《かぜ》と、とつぜんの吹雪《ふぶき》がもたらす寒《さむ》さだ。ほかにも、ピューマと出《で》くわしたり、高山病《こうざんびょう》にかかったり、滑落《かつらく》（岩場《いわば》などから落《お》ちること）したり、けわしい地形《ちけい》に行《い》く手《て》をはばまれたりと、さまざまな危《き》険《けん》がキミを待《ま》っている。なだれや地震《じしん》も、しょっちゅう起《お》こる。

アンデスのきびしい気候《きこう》

アンデス山脈《さんみゃく》は、ベネズエラ、コロンビア、エクアドル、ペルー、ボリビア、チリ、アルゼンチンの七つの国《くに》にまたがっている。この広大《こうだい》さと、山《やま》の高《たか》さから、アンデス山脈《さんみゃく》は、世界《せかい》でもっとも過酷《かこく》な山《やま》とよばれる。

●北部《ほくぶ》の熱帯地域《ねったいちいき》には〝雲霧林《うんむりん》〟が広《ひろ》がる。熱帯雨林《ねったいうりん》のあたたかな空気《くうき》が、標高《ひょうこう》の高《たか》いところからふきおろすつめたい空気《くうき》とぶつかって、雲《くも》が発生《はっせい》しやすい。

●チリ北部《ほくぶ》のアタカマ砂漠《さばく》は、地球上《ちきゅうじょう》でもっともかわいた場所《ばしょ》で、もっとも標高《ひょうこう》の高《たか》い砂漠《さばく》である。

●アンデス山脈《さんみゃく》は、環太平洋火山帯《かんたいへいようかざんたい》に属《ぞく》している。だから火山《かざん》があり、地震《じしん》が多《おお》く（30を参照《さんしょう》）、温泉《おんせん》や、間欠泉《かんけつせん》がわく。

●火山活動《かざんかつどう》によって、熱湯《ねっとう》があちこちからふきだしている。エル・タティオは標《ひょう》高《こう》四〇〇〇メートル以上《いじょう》のところにある間欠泉群《かんけつせんぐん》で、八十以上《いじょう》の間欠泉《かんけつせん》がある。南半球《みなみはんきゅう》で最大《さいだい》の間欠泉群《かんけつせんぐん》だ。

●ティアラ・デル・フエゴは、人類《じんるい》が定住《ていじゅう》している地域《ちいき》としては、最南端《さいなんたん》にある（南極《なんきょく》の場合《ばあい》、研究《けんきゅう》などを目的《もくてき》として一定期間滞在《いっていきかんたいざい》することはあっても、定《てい》住者《じゅうしゃ》はいない）。本島《ほんとう》とたくさんの小島《こじま》からなる諸島《しょとう》だ。

❸ 雪山《ゆきやま》サバイバルのヒント

●寒《さむ》い地域《ちいき》では、正《ただ》しい服装《ふくそう》をしていないと、ひじょうに危険《きけん》だ。かならず、重《かさ》ね着《ぎ》をしよう。いちばん下《した》にはかわきやすい肌着《はだぎ》をつけ、その上《うえ》に保温性《ほおんせい》の高《たか》い服《ふく》を着《き》て、さらにその上《うえ》から、風《かぜ》をふせぎ、水《みず》をはじく機能《きのう》のあるジャケットなどをはおるといい。さいわい、今回《こんかい》はきちんと重《かさ》ね着《ぎ》をしたうえに、帽子《ぼうし》と手《て》ぶくろをつけ、がんじょうなブーツをはいていた。

●寒《さむ》い地域《ちいき》で、長《なが》い時間《じかん》を外《そと》ですごす旅《たび》に出《で》るときは、行《い》く前《まえ》に、火《ひ》のおこし方《かた》を練習《れんしゅう》しておこう。いざというとき、役《やく》に立《た》つ（火《ひ》のおこし方《かた》は、❽⓿にくわしい説明《せつめい》がある）。

●服《ふく》がぬれてしまったら、すぐにぬいで、肌《はだ》についた水分《すいぶん》をふきとること。水分《すいぶん》は急速《きゅうそく》に体温《たいおん》をうばうので、ぬれたままでいると、気温《きおん》がさほど低《ひく》くなくても、低体温症《ていたいおんしょう》（⓮）になる。

●適切《てきせつ》な道具《どうぐ》とクライミングの経験《けいけん》がないのなら、急《きゅう》な斜面《しゃめん》には近《ちか》づかないこと。

●立《た》ちどまって休《きゅう》けいするときは、かならず、屋根《やね》のある休《きゅう》けい場所《ばしょ》を作《つく》ろう。作《つく》り方《かた》は、❽と64にのっているから、参考《さんこう》にしてほしい。

4

しばらく歩《ある》くうちに、巨大《きょだい》な灰色《はいいろ》の雲《くも》がどこからかあらわれ、山頂《さんちょう》をおおいはじめた。

太陽《たいよう》が雲《くも》にかくれ、あっという間《ま》に青《あお》い空《そら》が見《み》えなくなる。気温《きおん》が、どんどん下《さ》がっていく。気持《きも》ちもくらくなってきた。

このまま歩《ある》きつづけて、家族《かぞく》をさがしたほうがいいだろうか？

それともいったんとまって、雪《ゆき》や風《かぜ》をしのぐ場所《ばしょ》を見《み》つけたほうがいい？

歩《ある》きつづけるなら 17 へ進《すす》む

休《きゅう》けい場所《ばしょ》を作《つく》るなら 7 へ進《すす》む

5

前《まえ》に進《すす》むのが、だんだんつらくなってきた。一歩《ぽ》ふみだすのも、ひと苦労《くろう》だ。見《み》た目《め》よりも、急《きゅう》な坂《さか》なのかもしれない。頭《あたま》の痛《いた》みはおさまるどころか、ますますひどくなって、はき気《け》までしてきた。

病気《びょうき》にかかったのか？どこかで休《やす》んだほうがいいかもしれない。それとも、低《ひく》いほうへ下《お》りて、歩《ある》きつづけようか……。

どこか休《やす》めるところをさがすなら 15 へ進《すす》む

低《ひく》いほうへむかうなら 37 へ進《すす》む

6

音《おと》が聞《き》こえてきた岩場《いわば》へ、ゆっくりと近《ちか》づいていく。
巨大《きょだい》な岩《いわ》をまわったとたん、動物《どうぶつ》がいた。
ピューマだ！
大《おお》きな黄色《きいろ》い目《め》が、こちらをにらんでいる。

次《つぎ》のページへ

ひたいに、ひや汗《あせ》がふきだした。ゴクリと生《なま》つばをのむ。ピューマは体《からだ》が大《おお》きくて、強《つよ》そうだ。耳《みみ》をぺたりと寝《ね》かせて、こちらのようすをうかがっている。敵意《てきい》をもっているように見《み》える。ピューマとの距離《きょり》は、数《すう》メートルしかない。あの太《ふと》い足《あし》でジャンプしたら、いっきにとびかかられるだろう。にげられない。

どうしよう？

丸《まる》くなって、死《し》んだふりをするなら 31 へ進《すす》む

じりじりと後《あと》ずさるなら 20 へ進《すす》む

7

空《そら》を見《み》ると、今《いま》にも大量《たいりょう》の雪《ゆき》が降《ふ》ってきそうだ。身《み》を切《き》るようにつめたい風《かぜ》が、音《おと》をたててふきぬけていく。吹雪《ふぶき》をやりすごせる場所《ばしょ》はないかと、あたりを見《み》わたした。

次《つぎ》のページへ

近《ちか》くに大《おお》きな岩場《いわば》があった。岩《いわ》のすき間《ま》に入《はい》って毛布《もうふ》で体《からだ》をおおえば、とりあえず風《かぜ》と雪《ゆき》を防《ふせ》げそうだ。
少《すこ》し下《くだ》ったところに木立《こだち》もある。あそこまで行《い》き、かんたんな小《こ》屋《や》のようなものを作《つく》ろうか。

近《ちか》いので岩場《いわば》へかくれるなら 38 へ進《すす》む
木立《こだち》まで行《い》ってみるなら 28 へ進《すす》む

❽ 休《きゅう》けい場所《ばしょ》を作《つく》る（1）

状況《じょうきょう》によって、ふさわしい休《きゅう》けい場所《ばしょ》は変《か》わる。まず考《かんが》えなければいけないのは、休《きゅう》けい場所作《ばしょづく》りに、どのくらい時間《じかん》をかけられるか、ということだ。たとえばあたりがくらくなってきているなら、手《て》ばやく用意《ようい》できる休《きゅう》けい場所《ばしょ》がいい。それから、暑《あつ》さや寒《さむ》さ、まわりにどう猛《もう》な野生動物《やせいどうぶつ》がいないかどうかも、気《き》をつけるポイントだ。

休《きゅう》けい場所《ばしょ》を作《つく》るときは、次《つぎ》のような点《てん》に注意《ちゅうい》しよう。

●高地《こうち》にいるときは、なるべく風《かぜ》のあたらない、くぼんだ場所《ばしょ》をさがそう。ただし、谷《たに》になった土地《とち》は、洪水《こうずい》におそわれたり、霜《しも》や霧《きり》がたまったりすることがあるので、さけよう。
●木立《こだち》は、休《きゅう》けい場所《ばしょ》を作《つく》りやすいし、頭上《ずじょう》にはりだした枝葉《えだは》が、雪《ゆき》を防《ふせ》いでくれる。ただし、雪《ゆき》の重《おも》みで枝《えだ》が折《お》れることもあるので、注意《ちゅうい》が必要《ひつよう》だ。
●雷《かみなり》が鳴《な》っているときは、木《き》の下《した》をさけたほうがいい。雷《かみなり》が落《お》ちることがある。
●平《たい》らな土地《とち》にいるときに嵐《あらし》におそわれたら、風《かぜ》に背《せ》をむけてすわり、自分《じぶん》のまわりに荷物《にもつ》を積《つ》み重《かさ》ねて風《かぜ》よけにしよう。
●休《きゅう》けい場所《ばしょ》をしばらく使《つか》いたいときは、太《ふと》い枝《えだ》で壁《かべ》を作《つく》ろう。２本《ほん》の枝《えだ》を、少《すこ》しはなしてまっすぐに立《た》て、そのあいだに、枝《えだ》を重《かさ》ねていけばいい。石《いし》を積《つ》んでも壁《かべ》は作《つく》れるが、くずれることもあるので注意《ちゅうい》しよう。どちらも、時間《じかん》がかかる。

9

吹雪《ふぶき》は、どんどんひどくなっていった。つめたい風《かぜ》がうなりをあげ、雪《ゆき》がうずをまいて、顔《かお》をたたく。体《からだ》のふるえがとまらない。さっさと休《きゅう》けい場《ば》所《しょ》を作《つく》らないと、死《し》んでしまうかもしれない。

吹雪《ふぶき》は、いつになったらやむのだろう？　それによって、どういう休《きゅう》けい場所《ばしょ》を作《つく》るかが変《か》わってくる。

岩《いわ》と岩《いわ》のすき間《ま》を見《み》つけて、リュックサックと毛布《もうふ》を風《かぜ》よけにするだけなら、すぐにできる。

それとも、大《おお》きな岩《いわ》をさがして、風《かぜ》があたらない側《がわ》に穴《あな》をほって、し

ばらくかくれられる場所《ばしょ》を作《つく》ろうか。穴《あな》のまわりに石《いし》を積《つ》んで壁《かべ》を作《つく》って、穴《あな》の中《なか》にもぐってから、リュックと毛布《もうふ》をかければ、かなりあたたかいだろう。作《つく》るのに、時間《じかん》はかかるが……。

岩《いわ》のすき間《ま》にかんたんな休《きゅう》けい場所《ばしょ》を作《つく》るなら 38 へ進《すす》む

大《おお》きな岩《いわ》をさがして穴《あな》をほるなら 19 へ進《すす》む

10

まずは、血《ち》をとめなければ。リュックサックから着《き》がえのＴ《ティー》シャツを出《だ》して、傷口《きずぐち》におしあてた。

血《ち》は、すぐにとまった。Ｔ《ティー》シャツをさいて包帯《ほうたい》を作《つく》り、うでにまく。きつくまきすぎないよう、注意《ちゅうい》した。

岩《いわ》にこしかけて水《みず》を飲《の》んだら、だいぶ落《お》ちついて、気分《きぶん》が少《すこ》しよくなった。

ふと、何《なに》か動《うご》くものが目《め》にとまった。遠《とお》くのほうに、黄色《きいろ》がかった白《しろ》いかたまりがちらばっている。

よく見《み》ると、ヒツジだ！
ヒツジのまわりに、柵《さく》も見《み》える。牧場《ぼくじょう》だ。
牧場《ぼくじょう》ということは、人《ひと》がいるってことだ！
さっそく、柵《さく》にむかって歩《ある》きはじめた。

107へ進《すす》む

11

斜面《しゃめん》がけわしくなってきた。しかも、もうれつな風《かぜ》がふいている。それでも、ぜったいにとなりの尾根《おね》まで行《い》きたかった。あそこに立《た》ったら、コンドルになったように、遠《とお》くまで見《み》わたせるはずだ。そんなに遠《とお》くないから、もうすぐつくだろう。

右足《みぎあし》を動《うご》かす前《まえ》に、両手《りょうて》がしっかり岩《いわ》をつかんでいるか、左足《ひだりあし》の足場《あしば》が安定《あんてい》しているかを確認《かくにん》した。クライミングの基礎《きそ》（⑫）だ。次《つぎ》に下《した》を見《み》て、右足《みぎあし》をかけられそうなところをさがした。

右足《みぎあし》をいきおいよく上《あ》げて、くぼみにかけようとする。

そのとき、左足《ひだりあし》がすべった！　両手《りょうて》も外《はず》れてしまった。

パニックになってどこかをつかもうとしたが、おそかった。そのまま、まっさかさまに落下《らっか》して、頭《あたま》を打《う》った。

ゲームオーバー

⑫クライミング

●きちんとした道具《どうぐ》を持《も》っていて、基礎的《きそてき》な訓練《くんれん》を受《う》けたことがあって、ある程度《ていど》の経験《けいけん》を積《つ》んでいるのでないかぎり、山《やま》を登《のぼ》ろうとしてはいけない。かならず落下《らっか》する！　1人《ひとり》で登《のぼ》るのもいけない。だれかといっしょに協力《きょうりょく》して、安全《あんぜん》を確保《かくほ》しながら登《のぼ》ろう。

●道具《どうぐ》を持《も》っていて、経験《けいけん》もあり、助《たす》けてくれるだれかがいっしょにいたとしても、すばやく正《ただ》しい判断《はんだん》をおこなわなければ、危険《きけん》だ。ちょっとした判断《はんだん》ミスが、生死《せいし》を分《わ》ける。つねに感覚《かんかく》をとぎすませ、落《お》ちついて登《のぼ》ろう。何《なに》かあっても、ぜったいにパニックを起《お》こしてはいけない。

●山《やま》を登《のぼ》るには、筋力《きんりょく》と体力《たいりょく》が必要《ひつよう》だ。クライミングは、肉体《にくたい》を酷使《こくし》する。

●クライミングに必要《ひつよう》な道具《どうぐ》は、ヘルメット、ザイル、ハーネス、カラビナ（ザイルを固定《こてい》する道具《どうぐ》）、ピッケル、ハンマー、クライミングシューズなどだ。

13

とっくに吹雪《ふぶき》がおさまっていいころだと思《おも》うが、風《かぜ》のうなりも、顔《かお》をたたく雪《ゆき》も、おとろえる気配《けはい》がない。全身《ぜんしん》がぶるぶるふるえているし、つかれてもう歩《ある》けそうにない。どこかで吹雪《ふぶき》をやりすごすことにする。

雪《ゆき》で、まわりが見《み》えない。

頭《あたま》が混乱《こんらん》してきた。家族《かぞく》とトレッキングに出発《しゅっぱつ》したのは、ほんとうに今日《きょう》のことだったのだろうか？

考《かんが》えても、思《おも》い出《だ》せない。

ふらふらしながら大《おお》きな岩《いわ》までたどりつき、地面《じめん》にすわった。気《き》づくと、ふるえがとまっている。つかれてはいるが、ふしぎなことに、あたたかくなってきた。ジャケットのファスナーをあけて、ぬぐ。そのまま横《よこ》にたおれて、ねむりに落《お》ちた。

すわりこんだとき、すでに重度《じゅうど》の低体温症《ていたいおんしょう》になっていたのだ。そのまま、二度《ど》と、目《め》をさまさなかった。

ゲームオーバー

⑭ 低体温症《ていたいおんしょう》

低体温症《ていたいおんしょう》には、３つの段階《だんかい》がある。

●軽度《けいど》：体《からだ》の深部温度《しんぶおんど》が32℃から35℃まで落《お》ちた状態《じょうたい》。ふるえ、だるさ、呼吸《こきゅう》がはやくなるといった症状《しょうじょう》があらわれる。

●中度《ちゅうど》：深部温度《しんぶおんど》が28℃から32℃に下《さ》がった状態《じょうたい》。意識《いしき》が混乱《こんらん》して異常《いじょう》な行動《こうどう》をとることがある。動《うご》きがにぶくなったり、呼吸《こきゅう》があさくなったり、ろれつがまわらなくなったりといった症状《しょうじょう》が出《で》る。ふるえはとまっている。意識《いしき》を失《うしな》う可能性《かのうせい》も高《たか》い。

●重度《じゅうど》：深部温度《しんぶおんど》が28℃以下《いか》になった状態《じょうたい》。脈《みゃく》が弱《よわ》くなり、瞳孔《どうこう》がひらく。この段階《だんかい》になると、治療《ちりょう》を受《う》けても助《たす》からないことがある。治療《ちりょう》を受《う》けられなければ、まちがいなく死《し》ぬ。

15

さっきより、ぐあいが悪《わる》くなってきた。いやなせきが出《で》る。でも、少《すこ》し休《やす》めば、回復《かいふく》するだろうと思《おも》った。

岩《いわ》かげの、風《かぜ》にあたらないところにすわる。リュックサックの中身《なかみ》をすべて出《だ》して、毛布《もうふ》を肩《かた》にまきつけ、残《のこ》りは体《からだ》のまわりに、半円状《はんえんじょう》になるようにならべた。頭《あたま》の片《かた》すみで、おかしなことをしているなと思《おも》ったが、どうしてもそうしたかった。

いくら休《やす》んでも、調子《ちょうし》はもどらなかった。じつは高山病《こうざんびょう》にかかっていて、治《なお》すには、山《やま》を下《くだ》るしかなかったのだ……。

時間《じかん》がたつにつれて、症状《しょうじょう》はひどくなった。幻覚《げんかく》が見《み》えはじめ、やがて意識《いしき》を失《うしな》った。

⑯ 高《こう》山《ざん》病《びょう》

●高度《こうど》に対《たい》する体《からだ》の反応《はんのう》は、人《ひと》によってちがう。高山病《こうざんびょう》にかかったら、すぐに山《やま》を下《くだ》らなければならない。高地脳浮腫《こうちのうふしゅ》（脳内《のうない》に水分《すいぶん》がたまる症状《しょうじょう》）や、高地肺水腫《こうちはいすいしゅ》（肺《はい》に水分《すいぶん》がたまる症状《しょうじょう》）を発症《はっしょう》する人《ひと》はまれだが、発症《はっしょう》した場合《ばあい》、できるだけはやく治《ち》療《りょう》を受《う》けなければ、死《し》ぬ。

●高山病《こうざんびょう》の初期《しょき》には、まず、頭痛《ずつう》、だるさ、はき気《け》におそわれる。登《のぼ》りつづけると症状《しょうじょう》が悪化《あっか》して、鼓動《こどう》がはやくなったり、目《め》まいがしたりする。

●重症《じゅうしょう》になると、呼吸《こきゅう》が苦《くる》しくなり、せきが出《で》る。頭《あたま》が混乱《こんらん》して、おかしな行動《こうどう》をとることもある。山《やま》の上《うえ》なので、異常行動《いじょうこうどう》は、死《し》につながる。

17

太陽《たいよう》と青《あお》い空《そら》こそ見《み》えないが、目《め》の前《まえ》には、すばらしいながめが広《ひろ》がっている。家族《かぞく》といっしょだったら、雄大《ゆうだい》な景色《けしき》を楽《たの》しみながらトレッキングができただろう。雪《ゆき》をかぶった峰々《みねみね》のあいだに、湖《みずうみ》や、青《あお》みがかった氷河《ひょうが》が点在《てんざい》している。

歩《ある》くにつれて雲《くも》の量《りょう》がふえ、頂上《ちょうじょう》をどんどんおおっていく。風《かぜ》も強《つよ》くなってきたようだ。

35へ進《すす》む

⓲アンデス山脈《さんみゃく》の気候《きこう》

●アンデス山脈《さんみゃく》は、南米大陸《なんべいたいりく》を南北《なんぼく》に長《なが》くのびている。そのため、地域《ちいき》によって気候《きこう》が大《おお》きく変《か》わる。北部《ほくぶ》は熱帯《ねったい》気候《きこう》だが、山岳《さんがく》部《ぶ》は標高《ひょうこう》が高《たか》いので、かなり寒《さむ》い。熱帯《ねったい》地方《ちほう》の氷河《ひょうが》のほぼすべてが、アンデス山脈《さんみゃく》にある。北部《ほくぶ》とくらべると、南部《なんぶ》はずっと気温《きおん》が低《ひく》い。

●アンデス山脈《さんみゃく》は、南米大陸《なんべいたいりく》と太平洋《たいへいよう》のあいだにそびえる、壁《かべ》のような存在《そんざい》だ。中央《ちゅうおう》アンデスでは、山脈《さんみゃく》の西側《にしがわ》の地域《ちいき》がひじょうに乾燥《かんそう》している。南部《なんぶ》アンデスでは、西側《にしがわ》に雨《あめ》が多《おお》く、東側《ひがしがわ》が乾燥《かんそう》している。

●パタゴニアン・アンデスは、南米大陸《なんべいたいりく》の南側《みなみがわ》の、チリとアルゼンチンにまたがる地域《ちいき》だ。天候《てんこう》が急変《きゅうへん》しやすいことで知《し》られている。

19

シャベルを使《つか》って、穴《あな》をほりはじめた。地面《じめん》がかたくてほりにくかったけれど、あきらめずにつづける。やがて、横《よこ》になれるくらいのあさい穴《あな》ができた。

風《かぜ》はますます強《つよ》くなり、雪《ゆき》がジャケットの中《なか》まで入《はい》ってくる。とけた雪《ゆき》で服《ふく》がしめってしまい、よけいに寒《さむ》かった。体《からだ》は、ひえきっている。

ふるえがとまらないので、リュックサックをあけて毛布《もうふ》を出《だ》した。ところがそのしゅんかん、毛布《もうふ》が風《かぜ》にさらわれて、遠《とお》くへ飛《と》ばされてしまった。もう一枚《まい》の毛布《もうふ》を出《だ》して、体《からだ》にまきつける。歯《は》の根《ね》が合《あ》わない。とにかく、つかれて、だるい。雪《ゆき》や風《かぜ》をふせぐことはあきらめて、大《おお》きな岩《いわ》のうしろにすわりこむ。

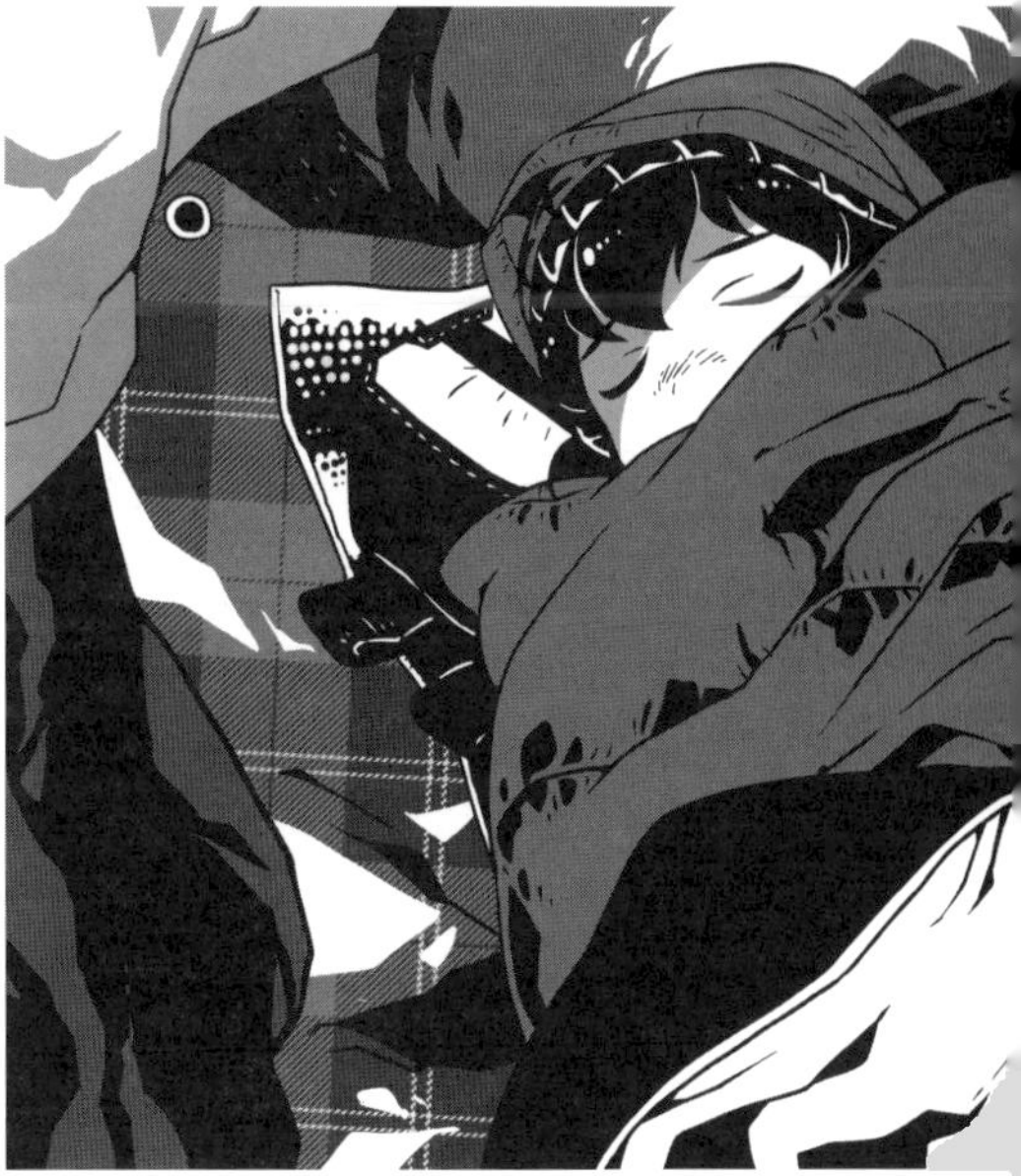

じつはこのとき、すでに軽度《けいど》の低体温症《ていたいおんしょう》になっていた。吹雪《ふぶき》の中《なか》、毛布《もうふ》一枚《まい》では体《からだ》をあたためることができない。何《なに》より、服《ふく》がしめっているのがよくなかった。

まもなく、意識《いしき》を失《うしな》った。

ゲームオーバー

20

ピューマを刺激《しげき》しないように、ゆっくりと後《あと》ずさる。自分《じぶん》の心臓《しんぞう》の音《おと》がひどく大《おお》きく聞《き》こえた。

ピューマは、まだこちらを見《み》ている。でも、今《いま》にもおそいかかってきそうな感《かん》じではなくなった。

距離《きょり》がじゅうぶんにひらいたところで、相手《あいて》が動《うご》くまで待《ま》つ。

やがて、ピューマは耳《みみ》をぴくりと動《うご》かしたかと思《おも》うと、くるりと反対側《はんたいがわ》をむいた。そのまま、かなりの速度《そくど》で走《はし》りさっていく。

ピューマのうしろ姿《すがた》を見送《みおく》りながら、大《おお》きなため息《いき》が出《で》た。

やがて、ピューマは完全《かんぜん》に見《み》えなくなった。

23へ進《すす》む

21

少《すこ》し歩《ある》くと、流《なが》れのはやい川《かわ》を見《み》つけた。流《なが》れているのはたぶん、雪《ゆき》どけ水《みず》だろう。

そのまま飲《の》んでもだいじょうぶそうだったが、ねんのため、火《ひ》をおこして、水《みず》をわかすことにした（火《ひ》をおこす方法《ほうほう》は80を参照《さんしょう》）。水《みず》に雑菌《ざっきん》がいたら、病気《びょうき》になってしまう。

ふっとうした湯《ゆ》を、少《すこ》しさましてから、飲《の》んだ。おなかの中《なか》があたたかくなって、元気《げんき》がわいてくる。パチパチと燃《も》える炎《ほのお》も、心《こころ》を明《あか》るくしてくれた。水筒《すいとう》にお湯《ゆ》を入《い》れてから、火《ひ》を消《け》した。

51へ進《すす》む

22 水《みず》

●寒冷地《かんれいち》でも、人間《にんげん》は１日《にち》あたり１リットルの水《みず》を飲《の》む必要《ひつよう》がある。体内《たいない》の水分《すいぶん》は、呼吸《こきゅう》や汗《あせ》で、つねに失《うしな》われていく。水分《すいぶん》をとらないと、脱水状態《だっすいじょうたい》になり、命《いのち》を落《お》とすこともある。さいわい、アンデス山脈《さんみゃく》には、たっぷり水《みず》がある。

●雪《ゆき》どけ水《みず》が集《あつ》まってできた川《かわ》の水《みず》は、きれいに見《み》えるが、わかして飲《の》むほうが安全《あんぜん》だ。上流《じょうりゅう》のどこかに、動物《どうぶつ》の死《し》がいがあるかもしれない。

●氷《こおり》や雪《ゆき》をとかして飲《の》むこともできる。雪《ゆき》をそのまま食《た》べるのは、やめよう。ただでさえひえた体《からだ》を、さらにひやしてしまう。氷《こおり》をくだいて食《た》べることも、ぜったいにおすすめできない。かけらで口《くち》の中《なか》を切《き》ることがある。

23

太陽《たいよう》が、顔《かお》を出《だ》した。まっ白《しろ》なアンデスの山々《やまやま》が、青《あお》い空《そら》にはえて美《うつく》しい。でも、心配《しんぱい》なことが多《おお》すぎて、景色《けしき》を楽《たの》しむどころではなかった。危険《きけん》がいっぱいの雪山《ゆきやま》にひとりぼっちでいることが、おそろしくてたまらない。

今《いま》いるところはわりと安《あん》全《ぜん》そうだから、ここでじっとしていようか。下手《へた》に動《うご》きまわれば、落石《らくせき》や、なだれにあうかもしれないし、滑落《かつらく》したり、猛獣《もうじゅう》におそわれたりするかもしれない。

歩《ある》きつづけるなら 67 へ進《すす》む

その場《ば》でじっとして助《たす》けを待《ま》つなら 91 へ進《すす》む

24

ばらばらと小石《こいし》をまきちらしながら、斜面《しゃめん》を登《のぼ》っていく。思《おも》ったよりも急《きゅう》で、けっこうきつかった。垂直《すいちょく》の崖《がけ》を登《のぼ》るわけじゃないから、登山《とざん》の道具《どうぐ》なんてなくても平気《へいき》だと思《おも》っていたが、あまかったたかもしれない。もっとゆるやかなルートをさがそうか。

いったん下《した》におりて、登《のぼ》りやすい場所《ばしょ》をさがすなら 39 へ進《すす》む

このまま登《のぼ》りつづけるなら 11 へ進《すす》む

25

また、足《あし》もとの大地《だいち》がゆれた。思《おも》わずしゃがんだところで、さらに大《おお》きな振動《しんどう》がきて、ころびそうになる。上《うえ》から何《なに》かが落《お》ちてきそうな場所《ばしょ》にいなくて、運《うん》がよかった！　岩場《いわば》にいたら、あぶなかった。

ゆれがおさまった。次《つぎ》にいつ地震《じしん》がくるかわからないが、ずっとしゃがんでいるわけにもいかない。先《さき》へ進《すす》まないと。

ふと、視界《しかい》のはしを何《なに》かがよぎった。小《ちい》さな灰色《はいいろ》の動物《どうぶつ》が、斜面《しゃめん》をかけていく。

チンチラ（26）だ！

さっきの地震《じしん》におどろいて、巣穴《すあな》から出《で》てきたのかもしれない。

遠《とお》ざかっていくチンチラを見送《みおく》る。のどが

かわいたので、水筒《すいとう》を取《と》り出《だ》して水《みず》を飲《の》もうとしたが、空《から》っぽだった。

水場《みずば》をさがして、あたりを見《み》まわす。

山《やま》の上《うえ》のほうには雪《ゆき》が積《つ》もっているので、火《ひ》をおこして雪《ゆき》をとかせば、水《みず》ができる。それとも、小川《おがわ》をさがそうか。

雪《ゆき》をとかすなら 43 へ進《すす》む
小川《おがわ》をさがすなら 82 へ進《すす》む

㉖ チンチラ

●野生《やせい》のチンチラは、ひじょうにめずらしい。活動時間《かつどうじかん》も日《ひ》の出《で》と日《ひ》の入《い》りのころにかぎられている。

●チンチラの体長《たいちょう》は、大《おお》きい個体《こたい》でも30㎝ほどだ。野生《やせい》では、アンデス山脈《さんみゃく》のペルーとチリ付近《ふきん》にしか生息《せいそく》していない。最大《さいだい》100匹前後《びきぜんご》の群《む》れで生活《せいかつ》する。

●天敵《てんてき》には、ワシやピューマやキツネなどがいる。つかまれても、その部分《ぶぶん》の毛皮《けがわ》を捨《す》ててにげられるように進化《しんか》した。

●動《うご》きは機敏《きびん》で、1.8mもジャンプできる。

●チンチラの毛皮《けがわ》はとてもやわらかく、あたたかい。人間《にんげん》に数多《かずおお》くが捕獲《ほかく》されたことも、数《かず》がへった原因《げんいん》のひとつだ。

27

雲《くも》が、山《やま》のむこうへと流《なが》れていく。太陽《たいよう》の光《ひかり》が新雪《しんせつ》に反射《はんしゃ》して、まぶしい。積《つ》もった雪《ゆき》の一部《いちぶ》は、もうとけはじめていた。

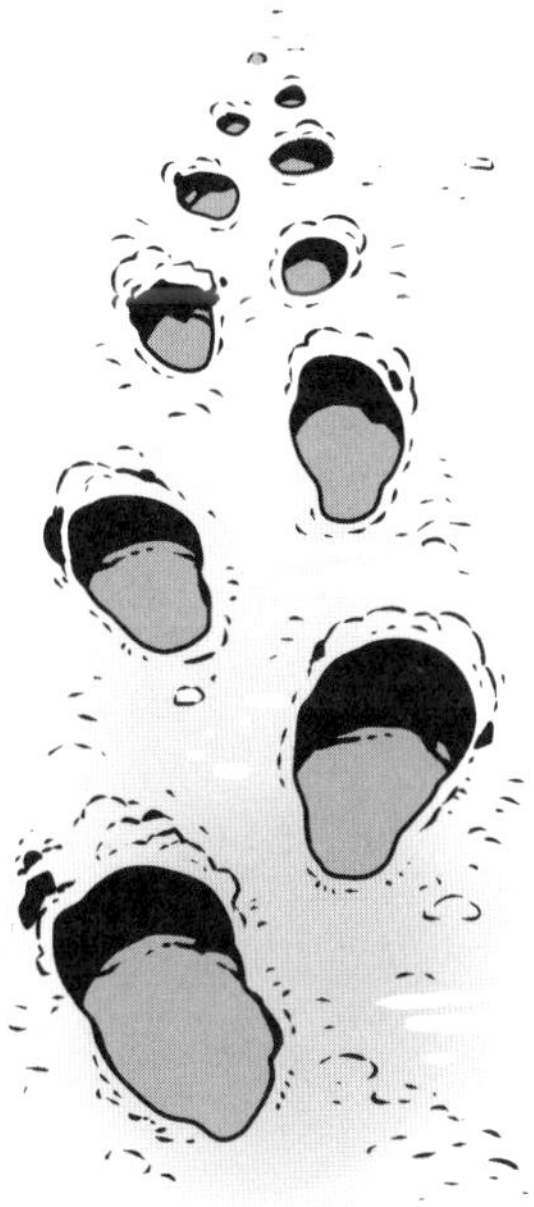

そんなすばらしい景色《けしき》も、ひどい頭痛《ずつう》のせいで楽《たの》しめなかった。さっき休《やす》んだばかりなのに、体《からだ》がだるい。はき気《け》もしてきた。こんなところで病気《びょうき》になったら、最悪《さいあく》だ。

だいじょうぶ、気《き》のせいだと自分《じぶん》に言《い》い聞《き》かせる。ちょっとつかれただけだ。

ゆっくり歩《ある》いていれば、すぐに気分《きぶん》がなおるだろう。
でも、標高《ひょうこう》が高《たか》いところにいるだけでぐあいが悪《わる》くなる、高山病《こうざんびょう》（16）の話《はなし》を聞《き》いたことがある。低《ひく》い土地《とち》へおりたほうがいいのかもしれない。

山《やま》を下《くだ》るなら 37 へ進《すす》む
このまま歩《ある》くなら 5 へ進《すす》む

28

幹《みき》がねじれた木《き》の下《した》で、吹雪《ふぶき》がおさまるのを待《ま》つことにする。一時間《じかん》ほどたつと、風《かぜ》が弱《よわ》くなってきた。まもなく雪《ゆき》がやみ、空気《くうき》が少《すこ》しだけあたたかくなった。木《き》の下《した》からはいだして、森《もり》のはずれまで歩《ある》く。

まっ白《しろ》な雪《ゆき》におおわれた谷《たに》は、とてもきれいだった。かなり遠《とお》くまで見《み》わたせるのに、人《ひと》の気配《けはい》はない。もしかしたら聞《き》こえるかもしれないと思《おも》って、家族《かぞく》の名前《なまえ》をよんでみた。でも、山《やま》びこがかえってきただけだった。

山《やま》を登《のぼ》ってみようかと思《おも》いつく。見《み》晴《は》らしのいいところへ出《で》れば、家族《かぞく》のすがたが見《み》えるかもしれない。

山《やま》を登《のぼ》るなら 24 へ進《すす》む

やめておくなら 27 へ進《すす》む

29

また地震《じしん》だ。さっきより大《おお》きい！　岩《いわ》のあいだを、石《いし》がばらばらと落《お》ちてきた。

どこかに身《み》をかくそうかと思《おも》ったとき、地面《じめん》が、もうれつにゆれた。思《おも》わずよろめいてたおれ、強《つよ》く体《からだ》を打《う》つ。

起《お》き上《あ》がろうとしたとき、おそろしい音《おと》が聞《き》こえてきた。顔《かお》をあげると、巨大《きょだい》な岩《いわ》が、斜面《しゃめん》をころがってくるのが見《み》えた。それも、ひとつじゃない！

岩《いわ》は、まっすぐこちらへむかってくる。はげしい衝撃《しょうげき》のあと、目《め》の前《まえ》がまっくらになった。

ゲームオーバー

30 地震《じしん》

●地球《ちきゅう》の表面《ひょうめん》は、巨大《きょだい》なプレートが組《く》み合《あ》わさってできている。プレートはつねに動《うご》き、ぶつかりあっている。２枚《まい》のプレートがぶつかり、片方《かたほう》が後退《こうたい》したとき、地震《じしん》が発生《はっせい》する。

●太平洋《たいへいよう》のはしでは、太平洋《たいへいよう》プレートと、いくつかの巨大《きょだい》なプレートが接《せっ》している。境目《さかいめ》は、ニュージーランドからニューギニア、フィリピン、日本《にほん》を通《とお》って、北米大陸《ほくべいたいりく》と南米大陸《なんべいたいりく》の西海岸《にしかいがん》にいたる。これを、環太平洋火山帯《かんたいへいようかざんたい》とよぶ。プレートの境目《さかいめ》にある地域《ちいき》では、地震《じしん》が多《おお》い。

●ほとんどの地震《じしん》は、小規模《しょうきぼ》だ。まれに大《おお》きな地震《じしん》が発生《はっせい》すると、建物《たてもの》が倒壊《とうかい》したり、地割《じわ》れが起《お》こったりして、多《おお》くの死者《ししゃ》が出《で》る。

●なん千万年《ぜんまんねん》も前《まえ》、太平洋《たいへいよう》プレートが大陸《たいりく》プレートと衝突《しょうとつ》して、アンデス山脈《さんみゃく》ができた。

●環太平洋火山帯《かんたいへいようかざんたい》には、活火山《かっかざん》と休火山《きゅうかざん》を合《あ》わせて、世界《せかい》の火山《かざん》の75パーセントが集中《しゅうちゅう》している。なかでも、中央《ちゅうおう》チリとアルゼンチンの国境付近《こっきょうふきん》にあるオホス・デル・サラードは、標高《ひょうこう》が約《やく》6,900mあり、世界一高《せかいいちたか》い活火山《かっかざん》である。

31

しゃがんだとたん、ピューマがとびかかってきた!

はやくて力強《ちからづよ》いピューマの攻撃《こうげき》に、抵抗《ていこう》などできなかった。

ゲームオーバー

㉜ピューマ

●マウンテンライオン、クーガー、アメリカライオンというよび名《な》もある。単独行動《たんどくこうどう》をこのみ、人目《ひとめ》をきらうので、目撃情報《もくげきじょうほう》は少《すく》ない。

●体《からだ》は大《おお》きく、力《ちから》が強《つよ》い。体重《たいじゅう》は60kgにもなり、頭《あたま》から尻《しり》までがおよそ1.5m、加《くわ》えてしっぽが70cmある。

●アメリカ大陸《たいりく》に広《ひろ》く分布《ぶんぷ》し、北《きた》はカナダから、南《みなみ》はチリ南部《なんぶ》のアンデス山脈《さんみゃく》で目撃《もくげき》されている。かつてはアメリカ各地《かくち》で見《み》られたが、今《いま》は、西海岸《にしかいがん》にしかいない。例外《れいがい》として、フロリダ州《しゅう》のフロリダパンサー（ピューマの一種《しゅ》）がいるが、絶滅《ぜつめつ》の危機《きき》にひんしている。

●ピューマはシカやビクーニャといった大型動物《おおがたどうぶつ》をねらう。パタゴニアン・アンデスでは、グアナコやゲマルジカ、また野《の》ウサギのような小型動物《こがたどうぶつ》も獲物《えもの》とする。とどめをさすときは、獲物《えもの》の首《くび》のうしろをかんで、あっという間《ま》に殺《ころ》す。

●大《おお》きな獲物《えもの》をたおすと、かくしておいて、なん日間《にちかん》か食《た》べに通《かよ》う習性《しゅうせい》がある。

●ピューマが人《ひと》を攻撃《こうげき》することはめったにないが、たまに１人《ひとり》でハイキングをしている人《ひと》がおそわれる。自分《じぶん》より弱《よわ》いと判断《はんだん》した相手《あいて》をおそうので、しゃがんだりして体《からだ》を小《ちい》さく見《み》せることは厳禁《げんきん》だ。

33

だんだんくらくなってきて、やがて夜《よる》になった。懐中電灯《かいちゅうでんとう》をつけても、地《じ》面《めん》の一部《いちぶ》を照《て》らすことしかできない。心《こころ》ぼそいし、寒《さむ》さはきびしくなる一方《いっぽう》だ。

足《あし》もとがくらいので、歩《ある》くペースをあげて体《からだ》をあたためることもできない。
明《あか》るいうちに休《きゅう》けい場所《ばしょ》を作《つく》っておけばよかった、と後悔《こうかい》した。今《いま》となっては、

くらすぎて、作業《さぎょう》ができない。

歩《ある》くのはやめて、朝《あさ》まで休《やす》めるところをさがそうときめたとき、足《あし》をすべらせてしまった。垂直《すいちょく》に近《ちか》い斜面《しゃめん》をころげ落《お》ち、意識《いしき》がとぎれた。

ゲームオーバー

㉞アンデス山脈《さんみゃく》でもっとも高《たか》い山《やま》

●アンデス山脈《さんみゃく》は、ヒマラヤ山脈《さんみゃく》についで、標高《ひょうこう》の高《たか》い山《やま》が集《あつ》まっている。

●最高峰《さいこうほう》は、アルゼンチンのアコンカグアで、6,962mだ。

●２番目《ばんめ》に高《たか》いオホス・デル・サラードは、活火山《かっかざん》としては世界《せかい》一高《いちたか》い山《やま》だ（ただし西暦《せいれき》700年以降《ねんいこう》、本格的《ほんかくてき》な噴火《ふんか》はない）。オホス・デル・サラードはチリとアルゼンチンの国境《こっきょう》にあり、地球上《ちきゅうじょう》でもっとも乾燥《かんそう》した土地《とち》のひとつだ。山《やま》すそには、アタカマ砂漠《さばく》が広《ひろ》がる。

●アンデス山脈《さんみゃく》の最高峰《さいこうほう》はアコンカグアだが、頂上《ちょうじょう》まで登《のぼ》ることがもっともむずかしいのはフィッツ・ロイだ。エル・チャルテンともよばれるこの山《やま》は、チリのパタゴニアン・アンデスにあって、標高《ひょうこう》は3,375mだ。アコンカグアの半分以下《はんぶんいか》の高《たか》さにもかかわらず、切《き》りたった岩壁《いわかべ》が登山《とざん》をむずかしくしている。この山《やま》に挑戦《ちょうせん》するのは、経験《けいけん》を積《つ》んだ、ひとにぎりの登山家《とざんか》だけだ。

●チンボラソはエクアドルでもっとも高《たか》い山《やま》で、標高《ひょうこう》は6,268m、赤道《せきどう》のま上《うえ》にある。チンボラソの頂上《ちょうじょう》は、地球《ちきゅう》の中心《ちゅうしん》からもっとも遠《とお》い。地球《ちきゅう》の回転運動《かいてんうんどう》によって、赤道付近《せきどうふきん》が42.72㎞もり上《あ》がっているためだ。

35

雪《ゆき》まじりの風《かぜ》がふきつけ、目《め》をあけていることすら、できない。立《た》ちどまって、休《きゅう》けい場所《ばしょ》を作《つく》ったほうがいいかもしれない。適当《てきとう》な場所《ばしょ》が見《み》つかればいいけれど……。

休《きゅう》けい場所《ばしょ》を作《つく》るなら 9 へ進《すす》む
吹雪《ふぶき》の中《なか》を歩《ある》きつづけるなら 13 へ進《すす》む

36

ほら穴《あな》に入《はい》って、地面《じめん》にこしをおろすと、ほっとした。リュックサックから防寒用毛布《ぼうかんようもうふ》を出《だ》して、体《からだ》にまきつける。風《かぜ》がないだけでも、ずいぶんあたたかい。

夜《よる》が近《ちか》づき、ひえこんできた。火《ひ》をおこそうか。穴《あな》の中《なか》があたたまるし、湯《ゆ》をわかすこともできる。でも、ちょっとめんどうだ……。

火《ひ》をおこすなら 79 へ進《すす》む
つかれたので、このまま寝《ね》てしまうなら 73 へ進《すす》む

37

標高《ひょうこう》の低《ひく》いところへおりたら、だんだん気分《きぶん》がよくなってきた。呼吸《こきゅう》が楽《らく》だし、だるさやはき気《け》もおさまった。軽《かる》い高山病《こうざんびょう》にかかっていたようだ。

前方《ぜんぽう》の岩《いわ》の向《む》こうで、何《なに》かが動《うご》いた。かなり大《おお》きな動物《どうぶつ》だ。近《ちか》くへ行《い》って調《しら》べてみたい。でも、危険《きけん》かもしれない……。

調《しら》べてみるなら 6 へ進《すす》む

ちがう方向《ほうこう》へ行《い》くなら 23 へ進《すす》む

38

岩《いわ》のすき間《ま》を使《つか》って作《つく》ったかんたんな休《きゅう》けい場所《ばしょ》だが、もうれつな風《かぜ》と雪《ゆき》をしのぐことができた。あとは毛布《もうふ》をかぶって、なるべくあたたかくして、吹雪《ふぶき》がやむのを待《ま》つだけだ。

少《すこ》したつと、風《かぜ》の音《おと》が弱《よわ》くなってきた。しばらく待《ま》ち、完全《かんぜん》に吹雪《ふぶき》がおさまったと思《おも》えたので、頭《あたま》を外《そと》に出《だ》して、ようすを見《み》た。雲《くも》が飛《と》ぶように流《なが》れていく。ぼんやりと太陽《たいよう》が見《み》えた。

27へ進《すす》む

39

斜面《しゃめん》をおりて、あらためて上《うえ》を見《み》た。ちゃんとした登山道具《とざんどうぐ》なしに登《のぼ》るのは、やめたほうがよさそうだ。そもそも声《こえ》がとどかないということは、近《ちか》くに人《ひと》がいないのだろう。念《ねん》のため、もう一度《ど》、大声《おおごえ》で家族《かぞく》の名前《なまえ》をよんでみたが、返事《へんじ》はなかった。

さっきよりも平《たい》らな場所《ばしょ》を歩《ある》きはじめた。にぶい頭痛《ずつう》はつづいているものの、体調《たいちょう》はまあまあだ。

27へ進《すす》む

40

距離《きょり》がつかめないので不安《ふあん》はあったが、運《うん》よく、思《おも》ったよりもはやく到着《とうちゃく》できた。

太陽《たいよう》はまだ、完全《かんぜん》に落《お》ちていない。巨大《きょだい》な針葉樹《しんようじゅ》は、下《した》のほうまでびっしり枝《えだ》がついている。枝《えだ》を持《も》ちあげると、内側《うちがわ》が天然《てんねん》のテントのように、風《かぜ》をふせいでくれそうだ。地面《じめん》につもった葉《は》は、じゅうたんのようにふかふかだった。

火《ひ》をおこせばあたたかいだろうし、湯《ゆ》もわかせる。だけど、めんどうだ。

火《ひ》をおこすなら 79 へ進《すす》む

めんどうなことはしないで、さっさと寝《ね》てしまうなら 73 へ進《すす》む

41

雪《ゆき》の上《うえ》を、ザクザクと進《すす》む。歩《ある》きやすいし、さっきより風《かぜ》もおだやかだ。斜面《しゃめん》を歩《ある》いているとき、ズンとひびくような音《おと》がした。いったいなんだろう？　だれか、上《うえ》を歩《ある》いている人《ひと》でもいるんだろうか？　おーい、と声《こえ》をかけてみる。

地鳴《じな》りのような音《おと》につづいて、前方《ぜんぽう》の雪《ゆき》にひびが入《はい》るのが見《み》えた。なだれ（**42**）だ！

全身《ぜんしん》から血《ち》の気《け》が引《ひ》く。

あわてて来《き》たほうへもどろうとしたが、おそかった。ひびはどんどん広《ひろ》がって、斜面全体《しゃめんぜんたい》が、下《した》へすべりはじめた。

雪《ゆき》の中《なか》でもみくちゃにされ、厚《あつ》い雪《ゆき》の下《した》に生《い》きうめになる。体《からだ》の上《うえ》にのった雪《ゆき》は、あっという間《ま》に岩《いわ》のようにかたくなった。

息《いき》ができない……。

ゲームオーバー

㊷なだれ

●なだれが起《お》こるときは、だいたい前《まえ》ぶれがある。たとえば、地震《じしん》だ。地震《じしん》のあと、なだれが起《お》こりそうな場所《ばしょ》に近《ちか》づいてはいけない。

●なだれを起《お》こした雪《ゆき》は、ものの数秒《すうびょう》でセメントのようにかたまる。雪《ゆき》の下《した》にうもれたら、動《うご》くことも、息《いき》をすることもできない。なだれにまきこまれたら、ごくあさいところにいないかぎり、自力《じりき》で脱出《だっしゅつ》するのは不可能《ふかのう》だ。

●なだれは２種類《しゅるい》に分《わ》けられる。点発生《てんはっせい》なだれは粉雪《こなゆき》のなだれで、それほど危険《きけん》ではない。ところが面発生《めんはっせい》なだれは、大《おお》きな雪《ゆき》のかたまりが、すぐ下《した》の雪《ゆき》の面《めん》からはがれてすべりおちるので、ひじょうに危険《きけん》だ。面発生《めんはっせい》なだれの速度《そくど》は、時速《じそく》130㎞に達《たっ》することもある。

●不安定《ふあんてい》な雪《ゆき》の上《うえ》を、スキーやスノーボードやスノーモービルですべると、なだれが発生《はっせい》しやすい。

43

雪《ゆき》があるところまでたどりつくのに、だいぶ時間《じかん》がかかった。手《て》を使《つか》わなくても登《のぼ》れるルートをえらんだからだ。急斜面《きゅうしゃめん》を進《すす》めば、もっとはやくついただろうが、滑落《かつらく》したら、いっかんの終《お》わりだ。

風《かぜ》が強《つよ》くて、寒《さむ》い。岩《いわ》かげで、手《て》ばやく火《ひ》をおこす（火《ひ》をおこす方法《ほうほう》は80を参《さん》照《しょう》）。雪《ゆき》をとかして少《すこ》し飲《の》み、水筒《すいとう》にも入《い》れた。火《ひ》をきちんと消《け》して、出発《しゅっぱつ》だ。

51へ進《すす》む

44 山《やま》の危険《きけん》

山登《やまのぼ》りは、楽《たの》しくてわくわくするが、大《おお》きな危険《きけん》もはらんでいる。ここで、世界《せかい》でもっとも登頂《とうちょう》がむずかしいといわれる山々《やまやま》を紹介《しょうかい》しよう。

●アルプス山脈《さんみゃく》のモンブランは、フランスとイタリアの国境付近《こっきょうふきん》にある。登山者《とざんしゃ》に人気《にんき》があるが、なん千人《ぜんにん》もの命《いのち》をうばった山《やま》でもある。

●ヒマラヤ山脈《さんみゃく》のアンナプルナ登頂《とうちょう》に挑戦《ちょうせん》した登山者《とざんしゃ》はこれまでに191人《にん》しかおらず、そのうち61人《にん》が命《いのち》を落《お》とした。標高《ひょうこう》は、8,000m以上《いじょう》ある。

●年間《ねんかん》700人以上《にんいじょう》が、エベレストの頂上《ちょうじょう》に立《た》つ。標高《ひょうこう》は8,848mで、世界一高《せかいいちたか》い山《やま》だ。初登頂《はつとうちょう》は1953年《ねん》で、それから現在《げんざい》までに、なん百人《びゃくにん》もの人《ひと》がこの山《やま》に挑戦《ちょうせん》して亡《な》くなっている。

●パタゴニア・アンデスのフィッツ・ロイ山《さん》は、切《き》りたつ岩肌《いわはだ》を登《のぼ》るのが困難《こんなん》なうえ、交通《こうつう》の便《べん》も悪《わる》いので、挑戦《ちょうせん》する人《ひと》は、1年《ねん》に1人程度《ひとりていど》である。

45

リュックサックの中《なか》をひっかきまわして、手《て》ぶくろのかわりになりそうなものをさがす。くたびれた防寒《ぼうかん》T《ティー》シャツが出《で》てきた。

ブーツのひもがちゃんとむすんであるのを確認《かくにん》してから、T《ティー》シャツを半分《はんぶん》にさいた。片方《かたほう》の手《て》に布《ぬの》きれをまきつけ、指《ゆび》を動《うご》かしてみてから、手首《てくび》のところをゴムでとめる。反対側《はんたいがわ》の手《て》に布《ぬの》をまくのはちょっとむずかしかったけれど、歯《は》を使《つか》って、なんとかできた。靴《くつ》ひもがほどけたとき、いちいちゴムを取《と》ってはずさないといけないが、少《すく》なくとも、手《て》はあたたかい。

69へ進《すす》む

46

まぶしい朝日《あさひ》に起《お》こされた。外《そと》をのぞいてみる。あいかわらず、自分《じぶん》がどこにいるのかわからないし、どっちへ進《すす》めば助《たす》かる可能性《かのうせい》が高《たか》いのか、見当《けんとう》もつかなかった。

地形《ちけい》を観察《かんさつ》して、進《すす》む方向《ほうこう》を考《かんが》える。

ゆるい斜面《しゃめん》を登《のぼ》って、標高《ひょうこう》が高《たか》いところを歩《ある》こうか。それとも、ちょっと急《きゅう》な坂《さか》をおりて、低《ひく》い土地《とち》を進《すす》もうか。

斜面《しゃめん》を登《のぼ》るなら 65 へ進《すす》む

低《ひく》い土地《とち》をえらぶなら 57 へ進《すす》む

47

背後《はいご》で、大《おお》きなうなり声《ごえ》のような音《おと》がひびいた。ふりかえったとき、あの斜面《しゃめん》を進《すす》まなくてよかったと、心《こころ》の底《そこ》から思《おも》った。雪《ゆき》が、白《しろ》いけむりをたてながら、斜面《しゃめん》をすべっていく。

なだれだ！

ぼうぜんと立《た》ちつくしたままながめていると、やがてなだれがおさまり、静《しず》けさがもどってきた。

すべりおちた雪《ゆき》がかたまって、巨大《きょだい》な山《やま》になっている。あの雪《ゆき》の下《した》じきになっていたら、押《お》しつぶされて、死《し》んでいただろう。おそろしさに、背《せ》すじがぞくぞくした。

太陽《たいよう》がかたむきはじめた。じきにあたりはくらくなるはずだ。夜《よる》になる前《まえ》に、休《きゅう》けい場所《ばしょ》を作《つく》ったほうがいいかもしれない。

休《きゅう》けい場所《ばしょ》を作《つく》るなら 63 へ進《すす》む

歩《ある》きつづけるなら 33 へ進《すす》む

48 なだれにあったら

●スキーやスノーボードをするときは、前《まえ》もってなだれ警報《けいほう》を確認《かくにん》しよう。なだれ警報《けいほう》が確認《かくにん》できない地域《ちいき》にいる場合《ばあい》は、雪《ゆき》の積《つ》もった斜面《しゃめん》に近《ちか》づかないこと（新《あたら》しい雪《ゆき》と古《ふる》い雪《ゆき》との接触面《せっしょくめん》が不安定《ふあんてい》になっている）。地震《じしん》のあとも同《おな》じだ。

●なだれにまきこまれたら、スキーのポールや杖《つえ》をはなさないように、ぎゅっとにぎろう。棒《ぼう》の先《さき》が雪《ゆき》から出《で》ていれば、発見《はっけん》してもらいやすいからだ。ただし、先端《せんたん》が雪《ゆき》から出《で》ないほど深《ふか》くうまってしまったら、役《やく》に立《た》たない。

●すぐにスキー板《いた》を足《あし》から外《はず》すこと。つけたままだと、ひどいけがをする。

●なだれが発生《はっせい》しそうな場所《ばしょ》に行《い》くときは、トランシーバーを身《み》につけること。居場所《いばしょ》を知《し》らせるためだ。

●なだれがおさまってきたら、顔《かお》の前《まえ》に空間《くうかん》ができるように、雪《ゆき》をなん度《ど》もパンチする。雪《ゆき》はすぐにかたくなるので、急《いそ》いで。

●救助者《きゅうじょしゃ》が近《ちか》くにいるとわかっている場合《ばあい》をのぞいて、大声《おおごえ》を出《だ》さないように。大《おお》きな声《こえ》を出《だ》すと、貴重《きちょう》な空気《くうき》がむだになる。

49

鳥《とり》を追《お》いはらい、肉《にく》をうばう。そばで、火《ひ》をおこした（80を参照《さんしょう》）。ほそくてじょうぶな枝《えだ》に肉《にく》をさし、火《ひ》であぶる。こうすれば、雑菌《ざっきん》などは死《し》ぬだろう。焼《や》き上《あ》がった肉《にく》を、がつがつと食《た》べる。

食《た》べおわってすぐに、後悔《こうかい》した。歩《ある》いているうちに、おなかが痛《いた》くなってきたからだ。一時間《じかん》もすると、胃《い》の中《なか》のものをぜんぶ、はいてしまった。下痢《げり》も始《はじ》まった。最悪《さいあく》だ……。もしかして、肉《にく》がいたんでいたのだろうか。気持《きも》ちが悪《わる》くて、体《からだ》に力《ちから》が入《はい》らない。食中毒《しょくちゅうどく》だ……。嘔吐《おうと》や下痢《げり》で失《うしな》

次《つぎ》のページへ

った水分《すいぶん》を補給《ほきゅう》しないと、脱水症状《だっすいしょうじょう》になってしまう。

リュックサックから毛布《もうふ》を出《だ》して、岩《いわ》の上《うえ》にたおれるように横《よこ》になった。ちゃんとした休《きゅう》けい場所《ばしょ》を作《つく》る体力《たいりょく》は残《のこ》っていない。

じきに、夜《よる》がやってきた。低体温症《ていたいおんしょう》で命《いのち》を落《お》とした。

ゲームオーバー

50 食中毒《しょくちゅうどく》

●食中毒《しょくちゅうどく》の主《おも》な原因《げんいん》は、細菌《さいきん》とウィルスだ。症状《しょうじょう》ははき気《け》と下痢《げり》で、数日間《すうじつかん》つづく。

●加熱《かねつ》していない食品《しょくひん》や、保存方法《ほぞんほうほう》が悪《わる》い食品《しょくひん》が原因《げんいん》となる場合《ばあい》が多《おお》い。人《ひと》（または動物《どうぶつ》）が、きたない手《て》（またはくちばしや爪《つめ》）でふれ、そこから細菌《さいきん》が繁殖《はんしょく》する場合《ばあい》もある。

●食中毒《しょくちゅうどく》をおこしやすいのは、生肉《なまにく》、卵《たまご》、貝《かい》、それから、サンドイッチなどの調理《ちょうり》ずみ食品《しょくひん》だ。

●食《た》べてから１日以上《にちいじょう》たってから発症《はっしょう》する場合《ばあい》が多《おお》いが、食《た》べた直後《ちょくご》にぐあいが悪《わる》くなることもある。その場合《ばあい》の主《おも》な症状《しょうじょう》は、はき気《け》だ。

●病院《びょういん》で治療《ちりょう》する必要《ひつよう》はなく、水《みず》をたくさん飲《の》んで休《やす》めば、じきに回復《かいふく》する。

●ただし水《みず》を飲《の》まないでいると脱水症状《だっすいしょうじょう》におちいり、命《いのち》を落《お》とすこともある。

51

厚《あつ》い雪《ゆき》におおわれた、なめらかな平原《へいげん》が、見《み》わたすかぎり、広《ひろ》がっている。ここだけ吹雪《ふぶき》がはげしかったのかもしれない。それとも、大《おお》きな峰《みね》のかげになって、前《まえ》に降《ふ》った雪《ゆき》がとけていないのだろうか。

雪《ゆき》の斜面《しゃめん》を、つっきってもだいじょうぶだろうか。

ブーツは防水加工《ぼうすいかこう》がしてあるし、雪《ゆき》のつもった斜面《しゃめん》は、でこぼこがなくて歩《ある》きやすそうだ。

雪《ゆき》をかぶった斜面《しゃめん》をつっきるなら 41 へ進《すす》む

べつの方向《ほうこう》へむかうなら 47 へ進《すす》む

52

走《はし》って小川《おがわ》へむかった。手《て》の傷《きず》から、ぽたぽたと血《ち》がしたたり落《お》ちている。血《ち》といっしょに、気力《きりょく》が体《からだ》の外《そと》へ流《なが》れでていってしまうような気《き》がした。

小川《おがわ》に手《て》をつっこむ。つめたい！

血《ち》は、どんどん流《なが》れ出《で》ていく。体《からだ》がひえてきた。しかも、あせって上着《うわぎ》をぬらしてしまった。歯《は》の根《ね》が合《あ》わなくなってくる。

貧血《ひんけつ》でふらふらしながら、近《ちか》くの木《き》の根《ね》もとにすわった。出血《しゅっけつ》はおさまってきたようだ。でも、助《たす》けてくれる人《ひと》もいないまま低体温症《ていたいおんしょう》になって、命《いのち》を落《お》とした。

ゲームオーバー

53

足《あし》を引《ひ》きずって、ひたすら歩《ある》きつづけた。ひどくつかれた。布《ぬの》をまいた手《て》があたたかいのだけが、救《すく》いだ。

まわりには、雪《ゆき》をかぶった山々《やまやま》がそびえている。太陽《たいよう》も出《で》て明《あか》るいのに、気分《きぶん》は晴《は》れない。雄大《ゆうだい》な山《やま》の景色《けしき》に、自分《じぶん》の小《ち》ささと、人《ひと》が住《す》んでいる場所《ばしょ》からはるか遠《とお》くはなれていることを、思《おも》い知《し》らされた。

105へ進《すす》む

54

高台《たかだい》から見《み》おろすと、ずっと下《した》のほうに、木々《きぎ》のしげる谷《たに》が見えた。遠《とお》くに、湖《みずうみ》が、太陽《たいよう》の光《ひかり》を反射《はんしゃ》してかがやいている。雪《ゆき》をかぶった峰《みね》が、先《さき》のほうまで重《かさ》なって見《み》える。

せっかくの美《うつく》しい景色《けしき》も、頭《あたま》ががんがん痛《いた》むので、楽《たの》しめない。息切《いきぎ》れしてきた。標高《ひょうこう》が高《たか》いところにいるのがいけないのだろうか。もっと低《ひく》いところへおりようか。

このまま登《のぼ》りつづけるなら 72 へ進《すす》む
低《ひく》い土地《とち》へおりるなら 57 へ進《すす》む

55

青《あお》くかがやく湖《みずうみ》を見《み》おろして、しばらくなやんだ。

と、せわしない足音《あしおと》が聞《き》こえてきた。岩場《いわば》の、もう少しでとどきそうな高《たか》さに、ふわふわした小《ちい》さな動物《どうぶつ》がいる。

モルモットだ！

アンデスでは、モルモットを食《た》べる習慣《しゅうかん》があると聞《き》いた。食肉用《しょくにくよう》に繁殖《はんしょく》させている人《ひと》もいるらしい。おなかは、ぺこぺこだ。

あのモルモットをつかまえて火《ひ》であぶって、食《た》べてみようか。栄養《えいよう》をとらないと、力《ちから》が出《で》なくなって、歩《ある》けなくなるかもしれない。

モルモットを追《お》いかけるなら 101 へ進《すす》む

先《さき》へ行《い》くなら 89 へ進《すす》む

56

用心《ようじん》しながら、片方《かたほう》の足《あし》を氷《こおり》の上《うえ》にのせ、ゆっくりと体重《たいじゅう》をかけた。氷《こおり》は、われない。しばらく待《ま》ってだいじょうぶそうだったので、全体重《ぜんたいじゅう》をかける。かなり厚《あつ》い氷《こおり》らしく、ひびが入《はい》る気配《けはい》はない。この湖《みずうみ》をつっきれば、ずいぶん時間《じかん》が節約《せつやく》できるはずだ。スケートのように左右《さゆう》の足《あし》に順番《じゅんばん》に体重《たいじゅう》をかけて、氷《こおり》の上《うえ》を進《すす》みはじめた。

ところが、少《すこ》し進《すす》んだところで、ビシッと氷《こおり》にひびが入《はい》った。

あわてて引《ひ》き返《かえ》そうとしたけれど、おそかった。

氷《こおり》がわれて、つめたい水《みず》に落《お》ちてしまった。氷《こおり》のはしにつかまって、どうにか水《みず》からはい上《あ》がる。岸《きし》へたどりつくころには意識《いしき》がもうろうとして、ぬれた服《ふく》を着《き》がえたり、体《からだ》をあたためたりする力《ちから》は残《のこ》っていなかった。

ゲームオーバー

57

二羽《わ》のコンドルが、ぐるぐるまわりながら高度《こうど》を落《お》としてくる。一羽《わ》が急《きゅう》降下《こうか》して、でっぱった岩《いわ》のむこう側《がわ》に消《き》えた。アンデスコンドル（58）だろう。

岩《いわ》に近《ちか》づき、音《おと》をたてないように注意《ちゅうい》しながら、そっとのぞいてみる。二、三メートルはなれたところで、三羽《わ》の大《おお》きなコンドルが何《なに》かをつついて食《た》べていた。グアナコの死《し》がいのようだ。もう一羽《わ》、おりてきて、肉《にく》を食《た》べはじめた。

近《ちか》くで見《み》ると、コンドルは変《へん》な顔《かお》だった。頭《あたま》には毛《け》がないし、くちばしがかぎづめのようにまがっている。一羽《わ》がこちらを見《み》て、警戒《けいかい》するように鳴《な》いた。巨大《きょだい》な翼《つばさ》を広《ひろ》げて、ぴょんぴょんと後《あと》ずさる。翼《つばさ》のはしからはしまで、三メートルほどもある。コンドルは首《くび》をまげてもう一度《ど》こちらをにらんでから、死《し》がいのところへもどった。

胃《い》が痛《いた》いくらい、おなかがすいている。コンドルを追《お》いはらって、あの肉《にく》を食《た》べようか？

肉《にく》を食《た》べるなら 49 へ進《すす》む

コンドルをじゃましないで行《い》くなら 66 へ進《すす》む

58 アンデスコンドル

●アンデスコンドルは、世界最大級《せかいさいだいきゅう》の鳥類《ちょうるい》だ。体重《たいじゅう》はおよそ15kg、翼《つばさ》の先《さき》から先《さき》まで3m以上《いじょう》の大《おお》きさに成長《せいちょう》する。幅《はば》だけでいえばワタリアホウドリのほうが大《おお》きいが、翼《つばさ》の面積《めんせき》は、アンデスコンドルのほうが大《おお》きい。

●翼《つばさ》は大《おお》きいが、体重《たいじゅう》が重《おも》いので、飛《と》ぶときには、風《かぜ》の助《たす》けが必要《ひつよう》だ。あまり羽《は》ばたかなくとも、気流《きりゅう》に乗《の》って飛《と》ぶことができるよう、強《つよ》い風《かぜ》がふく場所《ばしょ》をこのむ。

●アンデスコンドルは体色《たいしょく》が黒《くろ》で、オスは首《くび》まわりが白《しろ》い。ほかのコンドル科《か》の鳥《とり》とおなじで、頭部《とうぶ》には毛《け》がない。

●コンドルの主食《しゅしょく》は死肉《しにく》だが、ほかの鳥《とり》の巣《す》をおそって、卵《たまご》や産《う》まれたばかりのヒナを食《た》べることもある。

●アンデスコンドルは、絶滅《ぜつめつ》の危機《きき》にひんしている。現在《げんざい》、世界《せかい》に数千羽《すうせんわ》しかいない。

59

氷河《ひょうが》を歩《ある》いたことはないけれど、かんたんそうだった。ブーツにアイゼン（スパイクのようなとげがついた道具《どうぐ》）をつけて、氷《こおり》の上《うえ》に足《あし》をおろす。じっさいに歩《ある》きはじめてみると、思《おも》っていたよりもむずかしくて、慣《な》れるまでに時間《じかん》がかかった。なん度《ど》かころんで痛《いた》い思《おも》いをしたあとで、足《あし》を垂直《すいちょく》におろせばいいのだとわかった。でも、かなりつかれる。

ようやくコツをつかんで、調子《ちょうし》よく進《すす》んでいたとき、おそろしいことが起《お》こった。足《あし》もとの雪《ゆき》がくずれて、クレバス（60）に落《お》ちてしまった！

頭《あたま》を強《つよ》く打《う》った。即死《そくし》だった。

ゲームオーバー

60 クレバス

●氷河《ひょうが》や氷《こおり》のさけ目《め》を、クレバスという。大《おお》きなクレバスは、幅《はば》20m、深《ふか》さ45m、長《なが》さがなん百《びゃく》メートルにもおよぶ。

●上《うえ》に雪《ゆき》が積《つ》もっていると、クレバスに気《き》づきにくい。雪《ゆき》は、クレバスをおおっているだけで、人間《にんげん》の体重《たいじゅう》を支《ささ》えられない。経験《けいけん》を積《つ》んだ登山家《とざんか》でさえ、クレバスに気《き》づかず、落《お》ちることがある。

●クレバスがありそうな場所《ばしょ》を歩《ある》くときは、仲間《なかま》と体《からだ》をロープでつないでおこう。落下《らっか》しても、引《ひ》っぱりあげてもらえる。

●氷河《ひょうが》の上《うえ》をトレッキングするときは、クレバス落下《らっか》を想定《そうてい》した救助訓練《きゅうじょくんれん》を受《う》けること。

●氷河《ひょうが》は氷《こおり》でできた川《かわ》で、つねに動《うご》いている。つまり、たえず、古《ふる》いクレバスがなくなったり、新《あたら》しいクレバスができたりしているのだ。

61

モルモットを追《お》いかける。

あ、あそこにもいる！

茶色《ちゃいろ》っぽい生《い》き物《もの》が、頭上《ずじょう》の岩場《いわば》をかけていく。モルモットが消《き》えたあたりまで、なんとか登《のぼ》れそうだ。まよわず、岩《いわ》に手《て》をかけた。やみくもに手足《てあし》を動《うご》かして、岩壁《いわかべ》をよじ登《のぼ》る。

いざついてみると、モルモットが消《き》えたあたりは、わずかに岩《いわ》がせりだしているだけで、人《ひと》が立《た》てるほどの幅《はば》がない。モルモットを追《お》いかけることに一生《いっしょう》けんめいで、まわりをよく見《み》ていなかった。

ようやく、自分《じぶん》がどれほど危険《きけん》な場所《ばしょ》にいるかに気《き》づく。地面《じめん》から二十メートルもある岩壁《いわかべ》に、不安定《ふあんてい》にへばりついているのだ。

モルモットのすがたはもう、どこにも見《み》えない。強《つよ》い風《かぜ》がふいて、落《お》ちそうになる。

ごくりとつばをのんで、岩壁《いわかべ》をおりはじめた。強風《きょうふう》の中《なか》、まともな道具《どうぐ》もないままこんなことをするなんて、危険《きけん》すぎる……。わかっているが、ほかにどうしようもない。一メートルほど下《くだ》ったところで、足《あし》をすべらせ、滑落《かつらく》した。

ゲームオーバー

62 モルモット

●モルモットの祖先《そせん》は、テンジクネズミとよばれる野生《やせい》のげっ歯《し》類《るい》だ。テンジクネズミ科《か》の種《しゅ》は、大型《おおがた》のマーラ以外《いがい》、よく似《に》ている。

●南米大陸原産《なんべいたいりくげんさん》で、食用《しょくよう》として飼育《しいく》されてきた。かんたんに繁殖《はんしょく》でき、飼育場所《しいくばしょ》もとらないため、貴重《きちょう》なタンパク源《げん》として広《ひろ》まった。最初《さいしょ》に飼育《しいく》されたのは、3,000年《ねん》ほど前《まえ》だ。

●北米大陸《ほくべいたいりく》やヨーロッパでは、ペットとして人気《にんき》がある。15世《せい》紀《き》のヨーロッパで、すでにペットとして飼《か》われていたという記《き》録《ろく》が残《のこ》っている。スペインのコンキスタドール（15世紀《せいき》から17世紀《せいき》のアメリカ大陸征服者《たいりくせいふくしゃ》、探検家《たんけんか》のこと）が、新大陸《しんたいりく》から持《も》ちかえった。

●テンジクネズミ科《か》には、大型《おおがた》の種《しゅ》もある。マーラは大《おお》きなウサギに似《に》ている。世界最大《せかいさいだい》のげっ歯類《しるい》は、カピバラだ。巨大化《きょだいか》したモルモットのような外見《がいけん》をしている。おなじく、南米大陸原《なんべいたいりくげん》産《さん》だ。

63

もう、夕《ゆう》ぐれだ。夜《よる》まで時間《じかん》がない。近《ちか》くの岩場《いわば》に、小《ちい》さな穴《あな》が見《み》える。あそこに入《はい》って休《やす》もうか。

近《ちか》づいてみると、穴《あな》の中《なか》はまっくらで、よく見《み》えない。あんまり居心地《いごこち》がよさそうでもないけれど、少《すく》なくとも風《かぜ》はしのげる。

べつの場所《ばしょ》をさがしたほうがいいだろうか？　見《み》まわすと、ちょっとはなれたところに木立《こだち》があった。三十分《ぷん》ほど歩《ある》けば、つきそうだ。

ほら穴《あな》に避難《ひなん》するなら 36 へ進《すす》む
木立《こだち》まで行《い》くなら 40 へ進《すす》む

❻❹ 休《きゅう》けい場所《ばしょ》を作《つく》る（2）

●暑《あつ》くて湿気《しっけ》のない土地《とち》にいるのでないかぎり、サバイバルでもっとも重要《じゅうよう》なのは、休《きゅう》けい場所《ばしょ》の確保《かくほ》だ。とくに寒冷地《かんれいち》では、風雨《ふうう》をしのげる場所《ばしょ》がなければ、長《なが》くもたない。

●雪《ゆき》が積《つ》もった山岳地《さんがくち》でかれ枝《えだ》が手《て》に入《はい》らない場合《ばあい》は、雪《ゆき》そのものを使《つか》おう。雪《ゆき》をブロック状《じょう》にして、積《つ》みあげるといい。1年《ねん》を通《つう》じて北極地方《ほっきょくちほう》で生活《せいかつ》する人々《ひとびと》は、ターフとよばれる土《つち》のついた芝《しば》を使《つか》って、休《きゅう》けい場所《ばしょ》を作《つく》ることもある。

●寒冷地《かんれいち》では、服《ふく》をぬらさないようにしよう。休《きゅう》けい場所《ばしょ》を作《つく》るときなど、汗《あせ》をかきそうな作業《さぎょう》の前《まえ》に、肌《はだ》にいちばん近《ちか》い服《ふく》を1枚《まい》ぬぐといい。作業《さぎょう》が終《お》わってからもう一度着《どき》れば、すばやく汗《あせ》をすってくれる。もしくは、水分《すいぶん》を外《そと》に放出《ほうしゅつ》する機能《きのう》のある素材《そざい》の服《ふく》を着《き》よう。

●どんな休《きゅう》けい場所《ばしょ》を作《つく》るにしても、通気性《つうきせい》があるかどうかをたしかめよう。空気《くうき》が流《なが》れていなければ、窒息《ちっそく》してしまう。

●ぬれた服《ふく》は、ひと晩外《ばんそと》に出《だ》しておくとこおるので、朝《あさ》、氷《こおり》をふるい落《お》とせばいい。

65

高《たか》く登《のぼ》るにつれて、風《かぜ》はどんどんつめたくなってくる。足《あし》が重《おも》い。ぜいぜいと息《いき》を切《き》らしながら、急《きゅう》な坂道《さかみち》を登《のぼ》っていく。トレッキングに参加《さんか》する前《まえ》に、もっと体《からだ》をきたえておけばよかったと後悔《こうかい》した。

54へ進《すす》む

66

しばらくコンドルをながめたあとで、また歩《ある》きはじめた。コンドルを警戒《けいかい》させたくないので、死《し》がいには近《ちか》づかないようにした。

コンドルたちは顔《かお》をあげたものの、えさのそばをはなれなかった。最後《さいご》までこちらを見ていたコンドルのくちばしから、赤《あか》くてべたべたした肉《にく》の切《き》れはしが、たれていた。

81へ進《すす》む

67

歩《ある》いているとき、急《きゅう》にふらついた。立《た》ちどまると、地面《じめん》が、かすかにゆれているのがわかった。斜面《しゃめん》の上《うえ》のほうから、ばらばらと小石《こいし》が落《お》ちてくる。最後《さいご》の小石《こいし》が落《お》ちたあとで、ふたたび静《しず》けさがもどってきた。

小《ちい》さな地震《じしん》だったようだ。アンデス山脈《さんみゃく》は地震《じしん》が多《おお》いと聞《き》いたことがある。念《ねん》のため、落石《らくせき》の心配《しんぱい》がないところへ避難《ひなん》しようか。でも、小《ちい》さな地震《じしん》だったし、もうゆれはおさまったから、このまま進《すす》んでもだいじょうぶかもしれない。

斜面《しゃめん》からはなれて、ひらけた場所《ばしょ》をさがすなら **25** へ進《すす》む

このまま歩《ある》きつづけるなら **29** へ進《すす》む

68

ぬれた服《ふく》のままでいたら、全身《ぜんしん》のふるえがとまらなくなった。歯《は》が、がちがちと音《おと》をたてる。

岩《いわ》にこしかけてしばらく休《やす》んでいたら、ふるえはそのうち、とまった。回復《かいふく》してきたのだろうか？

なんだか、頭《あたま》が混乱《こんらん》してきた。

どうやってここまで来《き》たのか、よく思《おも》い出《だ》せない。まあいいや。すごくつかれたので、横《よこ》になって寝《ね》てしまおう。

すでに低体温症《ていたいおんしょう》（14を参照《さんしょう》）になっていたので、そのまま二度《ど》と目《め》を覚《さ》まさなかった。

ゲームオーバー

69

視界《しかい》のはしに、何《なに》か動《うご》くものがうつった。遠《とお》くに、小《ちい》さなシカがいる。数《かぞ》えると、八頭《とう》いた。

シカは、こちらに気《き》づいていないようだった。きっと、むこうが風上《かざかみ》なのだろう。見《み》ていると、群《む》れはゆっくりと移動《いどう》を始《はじ》めた。

シカについていってみようか？　水《みず》のあるところへ行《い》くのかもしれない。ちょうど、水《みず》を補給《ほきゅう》したいと思《おも》っていたところだ。

シカについていくなら 76 へ進《すす》む

ついていかないなら 53 へ進《すす》む

⑦⓪ ゲマルジカ

●ゲマルジカはチリのシンボルで、国章《こくしょう》にもなっている。

●小型《こがた》で、体高《たいこう》が80㎝ほどしかない。色《いろ》は茶色《ちゃいろ》か、茶色《ちゃいろ》がかった灰色《はいいろ》だ。

●アンデス山脈《さんみゃく》の、チリ南部《なんぶ》とアルゼンチン付近《ふきん》にのみ、生息《せいそく》する。

●ここ100年《ねん》ほどのあいだにみるみる数《かず》がへり、絶滅《ぜつめつ》の危機《きき》にひんしている。

●ピューマやキツネにつかまって食《た》べられるのも減少《げんしょう》の原因《げんいん》だが、生息地《せいそくち》がせまくなってきていることが、最大《さいだい》の脅威《きょうい》だ。

71

両手《りょうて》をわきの下《した》にはさんで、あたためながら歩《ある》いた。でも、ブーツのひもをむすぼうとすると、すぐに指《ゆび》がかじかんでしまう。
いったんとまって、手《て》ぶくろを作《つく》ったほうがいいかもしれない。

もっているもので工夫《くふう》して、手《て》ぶくろを作《つく》るなら 45 へ進《すす》む
このまま歩《ある》きつづけるなら 77 へ進《すす》む

72

風《かぜ》が、うなりをあげて、ふきぬけていく。歩《ある》くペースをあげても、体温《たいおん》は上《あ》がらなかった。こごえそうだ。頭痛《ずつう》はますますひどくなって、目《め》の奥《おく》に、つきさすような痛《いた》みがある。息《いき》をするのさえ、つらくなってきた。

つかれはててその場《ば》にすわりこみ、水《みず》を飲《の》んだ。ふたたび立《た》ち上《あ》がるのさえ、苦労《くろう》する。

頭痛《ずつう》が始《はじ》まったとき、山《やま》を下《くだ》るべきだった。立《た》ちどまって休《やす》んだけれど、それ以上《いじょう》、一歩《ぽ》も進《すす》めなくなった。

高山病《こうざんびょう》（⑯を参照《さんしょう》）と、つかれと、低体温症《ていたいおんしょう》（⑭を参照《さんしょう》）が重《かさ》なって、もう、どうすることもできなかった。

ゲームオーバー

73

つかれきって、枝《えだ》の下《した》にもぐりこんだ。夜《よる》がやってきて、そのままねむってしまった。

夜《よる》のあいだに、つめたい空気《くうき》が山《やま》からふきおろしてきて、みるみる気温《きおん》が下《さ》がった。気温《きおん》とともに体温《たいおん》も下《さ》がり、ねむっているうちに低体温症《ていたいおんしょう》になった。

目《め》が覚《さ》めたときは、つかれと混乱《こんらん》で、立《た》ち上《あ》がることさえできなかった。またねむりに落《お》ちる。そのまま、永遠《えいえん》に目《め》を覚《さ》まさなかった。

ゲームオーバー

❼❹ 火《ひ》とサバイバル

●寒冷地《かんれいち》のサバイバルに、火《ひ》は欠《か》かせない。体《からだ》をあたためるだけでなく（寒《さむ》いところでは体温《たいおん》をたもつことがひじょうに重要《じゅうよう》）、火《ひ》を見《み》ると元気《げんき》がわくし、気持《きも》ちが落《お》ちつく。気持《きも》ちを強《つよ》くもつことも、大自然《だいしぜん》の中《なか》で生《い》きのびるためのだいじな要素《ようそ》だ。

●火《ひ》を一度《ど》おこせば、だいたい朝《あさ》まであたたかくすごせる。熱《ねっ》した石《いし》は、なん時間《じかん》も保温効果《ほおんこうか》がつづく。

●火《ひ》があれば、料理《りょうり》もできるし、よごれた水《みず》を煮沸《しゃふつ》して、飲《の》み水《みず》に変《か》えることもできる。しめった服《ふく》もかわかせる。

●小《ちい》さな石《いし》を熱《ねっ》して、枝《えだ》ではさんでブーツの中《なか》に入《い》れ、ブーツをかわかすといい。砂《すな》でもおなじ効果《こうか》がある。砂《すな》を熱《ねっ》するときは、金属《きんぞく》の容器《ようき》に入《い》れよう。ただし、ブーツの中《なか》をこがさないよう注意《ちゅうい》しないといけない。

●火《ひ》はとても便利《べんり》だが、火事《かじ》の危険《きけん》があることをわすれずに。森林火災《しんりんかさい》の原因《げんいん》をつくらないためにも、火《ひ》をつけたらきちんと管理《かんり》して、確実《かくじつ》に消火《しょうか》すること。

75

ひざから下《した》が、すっかりぬれていた。しめったブーツとくつ下《した》とズボンをぬぐ。寒《さむ》くてたまらないので、その場《ば》でジャンプして、体《からだ》をあたためた。低体温症《ていたいおんしょう》の心配《しんぱい》はなくなったけれど、まだふるえがとまらない。

リュックから着《き》がえのT《ティー》シャツを出《だ》して、足《あし》をごしごしこすり、完全《かんぜん》に水気《みずけ》をとる。

それから毛布《もうふ》を下半身《かはんしん》にまいて、火《ひ》をおこす準備《じゅんび》を始《はじ》めた。動《うご》きにくかったが、運《うん》よく、火口《ほくち》になりそうな樹皮《じゅひ》と、たきつけに最適《さいてき》な小枝《こえだ》がすぐに見《み》つかった。あとでくべるために、大《おお》きめの枝《えだ》もひろっておく（火《ひ》のおこし方《かた》は80を参照《さんしょう》）。

火《ひ》のいきおいが安定《あんてい》してから、ブーツとくつ下《した》とズボンを干《ほ》した。服《ふく》がかわくまで、火《ひ》の前《まえ》にすわって、休《やす》むことにする。

じょうぶな枝《えだ》を二本使《ほんつか》って、火《ひ》の近《ちか》くにある熱《あつ》くなった石《いし》をはさみ、

次《つぎ》のページへ

ブーツの中《なか》に入《い》れた。これで、内側《うちがわ》もかわくはずだ。
しばらくすると、体《からだ》があたたまってきた。
服《ふく》がかわくころには、だいぶ元気《げんき》になった。

102へ進《すす》む

76

シカがいたところへ到着《とうちゃく》したときには、群《む》れはもう移動《いどう》したあとだった。それでも期待《きたい》していたとおり、シカが草《くさ》をはんでいたあたりに、小《ち い》さくてあさい池《いけ》を見《み》つけた。水面《すいめん》に日《ひ》の光《ひかり》が反射《はんしゃ》している。水《みず》はすきとおっていて、清潔《せいけつ》そうに見《み》える。

次《つぎ》のページへ

火《ひ》をおこすのはめんどうだし、時間《じかん》がかかる。だいいちのどがからからで、すぐに水《みず》が飲《の》みたくてたまらなかった。

アンデス山脈《さんみゃく》の水《みず》はとてもきれいで、飲《の》んでもへいきだと聞《き》いたことがある。何《なに》より、シカが飲《の》んでいたのだから、わざわざ沸《ふっ》とうさせなくてもいいんじゃないだろうか。

火《ひ》をおこして池《いけ》の水《みず》を沸《ふっ》とうさせてから飲《の》むなら 53 へ進《すす》む

気《き》にせずそのまま水《みず》を飲《の》むなら 99 へ進《すす》む

77

わきの下《した》に手《て》をはさんであたためながら、歩《ある》きつづけた。でも、バランスをとるために両手《りょうて》を広《ひろ》げたり、靴《くつ》ひもをむすびなおしたりするたびに、手《て》がひえて、指先《ゆびさき》の感覚《かんかく》がなくなってきた。

やがて、太陽《たいよう》がかたむきはじめた。寝《ね》る場所《ばしょ》を見《み》つけて、火《ひ》をおこそうと思《おも》う。ところが、手《て》がかじかんで、うまく動《うご》かない。凍傷《とうしょう》（78）になってしまった。どうにか寝《ね》どこをつくることはできたものの、指《ゆび》がぶるぶるふるえて、火《ひ》をおこすことができなかった。しかたがないので、むりやり、寝《ね》てしまうことにした。夜《よる》のうちにどんどん体温《たいおん》が下《さ》がって、低体温症《ていたいおんしょう》で命《いのち》を落《お》とした。

ゲームオーバー

78 凍傷《とうしょう》

●手《て》の温度《おんど》をたもつことは、重要《じゅうよう》だ。火《ひ》をおこすことに始《はじ》まって、サバイバルに必要《ひつよう》な作業《さぎょう》は、指《ゆび》がかじかんでいるとできない。

●気温《きおん》がマイナス1℃以下《いか》になるような寒《さむ》い環境《かんきょう》では、手《て》や足《あし》の指《ゆび》が凍傷《とうしょう》になりやすい。凍傷《とうしょう》とは、皮《ひ》ふや組織《そしき》がこおる症状《しょうじょう》だ。

●指《ゆび》が白《しろ》くなったり、赤《あか》くはれあがったり、かゆくなったり、感覚《かんかく》がなくなったりしたら、凍傷《とうしょう》になりかかっている証拠《しょうこ》だ。わきの下《した》に手《て》を入《い》れるか、あたたかな湯《ゆ》（熱《あつ》すぎるものはよくない）にひたすかして、血行《けっこう》をよくしよう。

●凍傷《とうしょう》にかかった部分《ぶぶん》をこすると悪化《あっか》するので、気《き》をつけよう。

●重度《じゅうど》の凍傷《とうしょう》になると、外科的《げかてき》な処置《しょち》が必要《ひつよう》だ。切断《せつだん》しなければならないこともある。

79

山《やま》に入《はい》る前《まえ》に、火《ひ》のおこし方《かた》を練習《れんしゅう》しておいて、ほんとうによかった。まず、木《き》の皮《かわ》や大小《だいしょう》の枝《えだ》を集《あつ》めた。石《いし》を丸《まる》くならべて、中《なか》に小枝《こえだ》を重《かさ》ねる。マッチはしめっていなかったので、風《かぜ》のあたらないところで一本《ぽん》目《め》をする。小枝《こえだ》は、じきにパチパチと音《おと》をたてて燃《も》え上《あ》がった。

両手《りょうて》を火《ひ》にかざす。ちゃんと火《ひ》をおこせた自分《じぶん》が、ほこらしい。今夜《こんや》はよくねむれそうだった。水《みず》をわかして、あたたかいうちに飲《の》むと、体《からだ》の内側《うちがわ》もぽかぽかしてきた。

明日《あした》には、救助《きゅうじょ》してもらえるような気《き》がする。たき火《び》と、かわいた服《ふく》の心地《ここち》よさに、ぐっすりねむることができた。

46へ進《すす》む

80 火《ひ》をおこす

●まず、必要《ひつよう》な材料《ざいりょう》を集《あつ》めよう。火《ひ》をおこす場所《ばしょ》をきめて、マッチ、火口《ほくち》、たきつけ、燃料《ねんりょう》を準備《じゅんび》する。

●火《ひ》をおこす場所《ばしょ》は、風《かぜ》があたらない、かわいた場所《ばしょ》をえらぶ。

●火口《ほくち》に火《ひ》をつける。火口《ほくち》は乾燥《かんそう》した燃《も》えやすいもので、樹皮《じゅひ》をくだいたもの、脱脂綿《だっしめん》、鳥《とり》の巣《す》の内側部分《うちがわぶぶん》などが適《てき》している。よい火口《ほくち》は火花《ひばな》が飛《と》んだだけでも着火《ちゃっか》する。

●火口《ほくち》のまわりに、たきつけをピラミッド状《じょう》に組《く》む。かわいた小枝《こえだ》を使《つか》うといい。

●火《ひ》が大《おお》きくなってきたら、太《ふと》めの枝《えだ》を少しずつくべる。火力《かりょく》がじゅうぶんでないときに大《おお》きな枝《えだ》やしめった枝《えだ》をくべると、火《ひ》が消《き》えてしまうので注意《ちゅうい》すること。

●石《いし》があれば、火《ひ》のまわりにならべるといい。石《いし》が熱《ねつ》をたくわえるので、火《ひ》が消《き》えたあともあたたかい。石《いし》をならべておけば、炎《ほのお》が周囲《しゅうい》に燃《も》え広《ひろ》がるのを防《ふせ》ぐこともできる。ただし、ぬれた石《いし》を熱《ねっ》すると爆発《ばくはつ》することがあるので、気《き》をつけよう。

81

歩《ある》いているとちゅう、靴《くつ》ひもをふんでしまい、ころびそうになった。よく見《み》ると、両足《りょうあし》とも、ひもがほどけている。むすびなおそうと手《て》ぶくろを外《はず》して、岩《いわ》の上《うえ》におく。しゃがんだところで、背中《せなか》のほうから強《つよ》い風《かぜ》がふきつけてきた。

次《つぎ》のページへ

靴《くつ》ひもをむすびおわって、岩《いわ》の上《うえ》においた手《て》ぶくろに手《て》をのばす。ところが、手《て》ぶくろがない！　風《かぜ》でふき飛《と》ばされてしまったらしい。

あたりを見《み》まわすと、片方《かたほう》の手《て》ぶくろが、切《き》りたった斜面《しゃめん》を落《お》ちていくのが見《み》えた。追《お》いかけても、むだだろう。もう片方《かたほう》は、それほど遠《とお》くないところにあったので、ひろいに行《い》く。だが、あと少《すこ》しで手《て》がとどくというところで、風《かぜ》にさらわれ、がけの下《した》に落《お》ちてしまった。

どうしよう。めんどうでも、手《て》ぶくろの代《か》わりになるものを作《つく》ったほうがいいだろうか？　寒《さむ》いけれど、たえられないほどではないから、このまま行《い》こうか。

なんとかして新《あたら》しい手《て》ぶくろを作《つく》るなら　45　へ進《すす》む
気《き》にせず歩《ある》きだすなら　71　へ進《すす》む

82

のどが、からからだ。でも、水《みず》を見《み》つけるのは、それほどむずかしくないはずだ。アンデス山脈《さんみゃく》で水不足《みずぶそく》なんていう話《はなし》は、聞《き》いたことがない。

前方《ぜんぽう》に、青々《あおあお》とした森《もり》が広《ひろ》がっている。森《もり》のほうから、水《みず》の流《なが》れる音《おと》が聞《き》こえてくるような気《き》がした。ただ、強《つよ》い風《かぜ》が打《う》ちつけるようにふいているので、はっきり聞《き》き分《わ》けることはできない。

とにかく水音《みずおと》がしたほうをめざして、歩《ある》くことにした。

21へ進《すす》む

83

グーッとおなかが鳴《な》った。それでもよくわからない植物《しょくぶつ》を食《た》べるくらいなら、空腹《くうふく》のほうがましだ。まだ、歩《ある》く元《げん》気《き》も残《のこ》っている。

だれかに見《み》られている気《き》がして、さっとふりむいた。よく見《み》ると、岩《いわ》の上《うえ》に、灰色《はいいろ》の動物《どうぶつ》がすわっている。岩《いわ》と似《に》た色《いろ》をしていて、キツネの仲間《なかま》のようだ。

近《ちか》づくのはやめておくことにする。
動物《どうぶつ》を見《み》ながら歩《ある》いていたので、大《おお》きな石《いし》につまずいた。
ころんで手《て》をついたときに、岩《いわ》の角《かど》で手《て》のひらをざっくり切《き》ってしまう。
血《ち》がどくどくとあふれてきた。
どうしよう？

包帯《ほうたい》をまくなら 10 へ進《すす》む
近《ちか》くの川《かわ》で傷口《きずぐち》を洗《あら》うなら 52 へ進《すす》む

84 チコハイイロギツネ

●チコハイイロギツネは、パタゴニアに生息《せいそく》している。

●体《からだ》は小《ちい》さく、体重《たいじゅう》は4.5kgほどだ。ネズミなどをつかまえて食《た》べる。木《き》の実《み》や、鳥《とり》の卵《たまご》、昆虫《こんちゅう》も食《た》べるし、動物《どうぶつ》の死体《したい》や、ピューマの食《た》べ残《のこ》しもあさる。

●チコハイイロギツネの好物《こうぶつ》は、ウサギだ。ウサギはパタゴニア原産《げんさん》ではなく、1800年代《ねんだい》にヨーロッパから持《も》ちこまれた。

●チコハイイロギツネは、群《む》れで協力《きょうりょく》して生活《せいかつ》する。子《こ》どもをもたないメスギツネは、ほかのメスやその子《こ》どもに食《た》べ物《もの》を分《わ》けてやる。そうやって種《しゅ》を絶《た》やさないようにしているのだ。

85

太陽《たいよう》の光《ひかり》をあびてかがやく湖《みずうみ》をめざして、ごつごつした斜面《しゃめん》を下《くだ》った。近《ちか》づいていくと、フラミンゴの群《む》れが見《み》えてきた。青《あお》い湖面《こめん》に、あざやかなピンク色《いろ》の羽《はね》。この世《よ》のものとは思《おも》えないほど、美《うつく》しい光景《こうけい》だ。フラミンゴたちは、浅瀬《あさせ》でえさを食《た》べている。

次《つぎ》のページへ

フラミンゴをおびえさせないように、適当《てきとう》な距離《きょり》をおいて、湖《みずうみ》のそばで火《ひ》をおこした。湖《みずうみ》の水《みず》をわかして、水筒《すいとう》に入《い》れる。湖底《こてい》をつつくフラミンゴを見《み》ているうち、湖《みずうみ》の中《なか》に食《た》べられるものがあるんじゃないかと思《おも》いついた。フラミンゴが食《た》べるマキガイや虫《むし》などのほかに、魚《さかな》もいるだろう。食《た》べることを考《かんが》えるだけで、おなかがグーッと鳴《な》った。

魚《さかな》つりをしようか？　つれたら、焼《や》いて食《た》べればいい。食《た》べれば元気《げんき》が出るだろう。

湖《みずうみ》でつりをするなら 93 へ進《すす》む
やめておくなら 87 へ進《すす》む

86 パタゴニアの湖《みずうみ》

●パタゴニアン・アンデスには、あざやかな青色《あおいろ》の湖《みずうみ》が点在《てんざい》している。たとえば湖水地方《こすいちほう》とよばれる地域《ちいき》には、氷河期《ひょうがき》の終《お》わりに形成《けいせい》されたといわれる大《おお》きな湖《みずうみ》が、20ほどある。湖水地《こすいち》方《ほう》はパタゴニアでもっとも緑《みどり》の多《おお》い地域《ちいき》で、温帯林《おんたいりん》にかこまれている。

●ヘネラル・カレーラ湖《こ》は、最大水深《さいだいすいしん》が約《やく》590ｍもある、南米大《なんべいたい》陸《りく》でもっとも深《ふか》い湖《みずうみ》だ。面積《めんせき》は、1,000㎢以上《いじょう》ある。湖《みずうみ》の周《しゅう》囲《い》の地層《ちそう》には石灰岩《せっかいがん》と大理石《だいりせき》が多《おお》くふくまれ、ふしぎな形《かたち》の岩《いわ》や、神秘的《しんぴてき》な洞《どう》くつがあちこちに見《み》られる。

●ピエドマ湖《こ》の水源《すいげん》は、ビエドマ氷河《ひょうが》だ。湖《みずうみ》の西岸《せいがん》が、幅《はば》２㎞にわたって氷河《ひょうが》と接《せっ》している。

●ペルーフラミンゴは、フラミンゴの中《なか》でも大《おお》きい種《しゅ》で、パタゴニア地方《ちほう》の湖《みずうみ》に生息《せいそく》している。とくに塩湖《えんこ》をこのむ。クロエリハクチョウも、いっしょに見《み》られることがある。

87

すらりとした長《なが》い首《くび》の、茶色《ちゃいろ》い動物《どうぶつ》の群《む》れが、そう遠《とお》くないところで草《くさ》をはんでいる。大《おお》きな茶色《ちゃいろ》い目《め》をしている。

人間《にんげん》に気《き》づいたらしく、動物《どうぶつ》たちが、どっと逃《に》げだした。おどろかせてしまって、もうしわけない気持《きも》ちになった。

でも、動物《どうぶつ》たちは貴重《きちょう》なプレゼントを残《のこ》していってくれた。しげみの枝《えだ》に、ふわふわの毛《け》が残《のこ》っている。また野宿《のじゅく》しなければならないかもしれないので、毛《け》を集《あつ》めてリュックに入《い》れた。

かん高《だか》い声《こえ》が聞《き》こえて、ふりむいた。大《おお》きな鳥《とり》が地面《じめん》を歩《ある》いている。ダチョウに似《に》ていて、灰色《はいいろ》で、体長《たいちょう》は一メートルほどだ。三羽《わ》の子《こ》どもが、ちょこちょこ

と母鳥《ははどり》のとなりを走《はし》っている。

飛《と》べない鳥《とり》のようだ。子《こ》どもをつかまえて、焼《や》いて食《た》べられないだろうか。空腹《くうふく》で、だんだん体《からだ》に力《ちから》が入らなくなってきた。

ヒナ鳥《どり》を追《お》いかけるなら 103 へ進《すす》む

鳥《とり》はほうっておいて、先《さき》を急《いそ》ぐなら 96 へ進《すす》む

88 グアナコ

●首《くび》の長《なが》い動物《どうぶつ》は、グアナコといって、南米大陸《なんべいたいりく》のペルーの南部《なんぶ》からアルゼンチン、そしてチリにかけて生息《せいそく》している。アンデス山脈《さんみゃく》の高地《こうち》（およそ標高《ひょうこう》4,000ｍの地点《ちてん》）でも、生息《せいそく》が確認《かくにん》されている。

●グアナコとビクーニャはよく似《に》ており、どちらも野生《やせい》だ。それぞれが家畜化《かちくか》された種《しゅ》を、リャマとアルパカとよんでいるという説《せつ》もある。この４種《しゅ》は、ラクダ科《か》に属《ぞく》する。

●グアナコの体《からだ》は、二重《にじゅう》の毛《け》でおおわれている。上《うえ》の毛《け》はあらいが、下《した》の毛《け》はとてもやわらかい。アルパカは、毛《け》をとるために人間《にんげん》に飼《か》われているが、グアナコの毛《け》はアルパカよりもさらにやわらかく、高級《こうきゅう》だ。ただし、アルパカほどの毛量《もうりょう》はない。

●グアナコやリャマは、群《む》れで行動《こうどう》する。１頭《とう》のオスに、最大《さいだい》10頭《とう》のメスとその子《こ》どもがつく。若《わか》いオスの群《む》れはさらに大《おお》きいが、オスは一人前《いちにんまえ》になると群《む》れをはなれて、メスをさがし、自分《じぶん》の群《む》れをつくる。

89

下《した》を見《み》ると、青白《あおじろ》い氷河《ひょうが》（90）が広《ひろ》がっていた。トレッキング旅行中《りょこうちゅう》に氷河《ひょうが》の上《うえ》を歩《ある》くことになっていたから、アイゼンはリュックの中《なか》に入《はい》っている。ブーツにアイゼンをつければ、氷《こおり》の上《うえ》でも、厚《あつ》く積《つ》もった雪《ゆき》の上《うえ》でも、歩《ある》けるのだ。家族《かぞく》と歩《ある》くはずだった氷河《ひょうが》が、この氷河《ひょうが》かもしれない。

トレッキング旅行《りょこう》の行程《こうてい》に入《はい》っているということは、きっと氷河《ひょうが》の上《うえ》を歩《ある》くのは楽《たの》しいのだろう。氷河《ひょうが》は、なめらかで、歩《ある》きやすそうに見《み》える。アイゼンをつけて、ためしてみようか。

氷河《ひょうが》の上《うえ》を歩《ある》くなら 59 へ進《すす》む

やめておくなら 95 へ進《すす》む

90 氷河《ひょうが》

●氷河《ひょうが》は、氷《こおり》でできた川《かわ》だ。まったく動《うご》かないように見《み》えるが、じつは、ひじょうにゆっくり流《なが》れている。

●流《なが》れのはやい氷河《ひょうが》もある。世界一《せかいいち》はやいのはパキスタンのクティア氷河《ひょうが》で、１日《にち》で112m動《うご》いたという記録《きろく》がある。

●万年雪《まんねんゆき》の上《うえ》に新《あたら》しい雪《ゆき》が積《つ》もることで、氷河《ひょうが》が形成《けいせい》される。何重《なんじゅう》にも積《つ》み重《かさ》なった雪《ゆき》が圧縮《あっしゅく》されて、氷《こおり》に変化《へんか》する。

●氷河《ひょうが》には、大陸氷河《たいりくひょうが》と山岳氷河《さんがくひょうが》の２種類《しゅるい》がある。大陸氷河《たいりくひょうが》はなん千平方《ぜんへいほう》kmにもわたる大《おお》きな氷河《ひょうが》で、氷床《ひょうしょう》ともよばれる。グリーンランドと南極《なんきょく》にのみ、存在《そんざい》する。大陸氷河《たいりくひょうが》が海《うみ》におしだされたものを、棚氷《たなごおり》とよぶ。山岳氷河《さんがくひょうが》は大陸氷河《たいりくひょうが》よりも規模《きぼ》が小《ちい》さく、山岳部《さんがくぶ》に形成《けいせい》される。

●地表《ちひょう》の10パーセントは、氷《こおり》におおわれている。おどろくべきことに、地球上《ちきゅうじょう》の淡水《たんすい》の75パーセントは、氷河《ひょうが》となっている。

●極地《きょくち》をのぞく地域《ちいき》でもっとも大《おお》きな氷河群《ひょうがぐん》は、パタゴニア南部《なんぶ》で発見《はっけん》されている。19の巨大《きょだい》な氷河《ひょうが》からなり、そのうち、南《みなみ》パタゴニア氷原《ひょうげん》は、南北《なんぼく》の長《なが》さが320kmもある。

91

時間《じかん》をかけて、キャンプに適《てき》した場所《ばしょ》をさがした。小川《おがわ》のそばの平《たい》らな土地《とち》をえらぶ。川《かわ》のそばだが谷《たに》ではないので、雨《あめ》が降《ふ》って、水《みず》で押《お》し流《なが》されることもない。それに、森《もり》が近《ちか》くにあって、休《きゅう》けい場所《ばしょ》の材料《ざいりょう》や、たきぎがかんたんに手《て》に入《はい》る。

木《き》の枝《えだ》をふんだんに使《つか》って、がんじょうで居《い》心地《ごこち》のいい小屋《こや》のようなものを作《つく》った。やぶについていた毛《け》を集《あつ》めてきて、寝《ね》どこも作《つく》る。それから、地面《じめん》に穴《あな》をほって石《いし》でかこみ、火《ひ》をおこしやすくした（火《ひ》のおこし方《かた》は80を参照《さんしょう》）。小屋《こや》ができたところで、岩《いわ》を集《あつ》めて、ＳＯＳ《エスオーエス》

の形《かたち》にならべた。

先《さき》をとがらせた枝《えだ》を使《つか》って魚《さかな》をとり、焼《や》いて食《た》べる。水《みず》にもこまらない。

川《かわ》のそばでくらしはじめて、一週間《しゅうかん》がすぎたころ、遠《とお》くからヘリコプターの音《おと》が聞《き》こえてきた。胸《むね》を高鳴《たかな》らせながら、SOS《エスオーエス》の文字《もじ》がくずれていないことを確《かく》認《にん》する。それからたき火《び》に生木《なまき》を入れて、けむりを出《だ》した。ヘリコプターのパイロットが気《き》づいてくれたようだ。すぐに救助《きゅうじょ》が来《き》て、家族《かぞく》と再会《さいかい》できた。

でも、キャンプをせずに進《すす》んでいたら、おもしろい冒険《ぼうけん》ができたかもしれない……。

ゲームクリア

92

湖《みずうみ》を、ぐるりとまわることにした。遠《とお》まわりになるし、大《おお》きな岩《いわ》を登《のぼ》ったりおりたりしなければならない。それでも、氷《こおり》の上《うえ》を歩《ある》く気《き》にはなれなかった。氷《こおり》がわれて湖《みずうみ》に落《お》ちたら、まちがいなく、低体温症《ていたいおんしょう》で死《し》ぬ。時間《じかん》をかけて、けがをしないように注意《ちゅうい》しながら、大岩《おおいわ》によじ登《のぼ》った。

107へ進《すす》む

93

効率《こうりつ》よく魚《さかな》をつかまえるには、もりを作《つく》って、岸《きし》に腹《はら》ばいになって、魚《さかな》が通《とお》るのを待《ま》つのがいちばんだろう。水《みず》はすきとおっているし、針《はり》にかけるえさもいらないから、楽《らく》だ。

しまった！

湖《みずうみ》のふちの岩《いわ》に登《のぼ》ったとき、足《あし》をすべらせて、水《みず》の中《なか》に落《お》ちてしまった。氷河《ひょうが》がとけてできた湖《みずうみ》の水《みず》はしんじられないほどつめたくて、いっしゅん、息《いき》がとまった。あわてて水《みず》から出《で》る。

ぬれたのはひざから下《した》だけだったが、つめたい水《みず》につかったショックで、呼吸《こきゅう》がはやくなった。

どうしよう。ブーツとズボンをぬいで、かわかそうか。でも、この寒《さむ》さの中《なか》、ぬれた足《あし》を風《かぜ》にさらすなんて、考《かんが》えただけでおそろしい。

服《ふく》をぬいでかわかすなら 75 へ進《すす》む

そのうちにかわくだろうから、ぬれたまま歩《ある》きだすなら 68 へ進《すす》む

94 魚《さかな》つり

●湖《みずうみ》には、魚《さかな》がたくさんいる。食用《しょくよう》にむいているのは、パーチだ。パーチはスズキの仲間《なかま》で、古《ふる》くからこのアンデス山脈周辺《さんみゃくしゅうへん》に生息《せいそく》している。また、北米大陸《ほくべいたいりく》から入《はい》ってきたサケとマスもおいしい。

●もりで魚《さかな》をつくなら、水《みず》に自分《じぶん》のかげがうつらないように注意《ちゅうい》しよう。

●もりでうまく魚《さかな》をつけなかったら、わなをつくるといい。ペットボトルの上部《じょうぶ》を切《き》って、底《そこ》のほうへ反対《はんたい》むきにさしこむ。飲《の》み口《くち》がペットボトルの底《そこ》をむくようにするのだ。飲《の》み口《くち》にさそいこまれた魚《さかな》は、かんたんには出《で》られない。

●アンデスで魚《さかな》つりをするなら、水《みず》にぬれないように注意《ちゅうい》しよう。氷河《ひょうが》がとけてできた湖《みずうみ》の水《みず》は、こごえるほどつめたい。

95

氷河《ひょうが》の上《うえ》は歩《ある》きやすそうにも思《おも》えたけれど、クレバスに落《お》ちるかもしれないし、アイゼンで歩《ある》くのに慣《な》れていないので、足《あし》をすべらせてしまうかもしれない。

湖《みずうみ》までくだることにしよう。

85へ進《すす》む

96

氷《こおり》のはった湖《みずうみ》のふちを歩《ある》く。氷《こおり》がとけていないのは、ちょうど高《たか》い峰《みね》のかげになっているからだろう。

そんなことを考《かんが》えながら歩《ある》いていたとき、数百《すうひゃく》メートル先《さき》の対岸《たいがん》を、何《なに》かがかなりのスピードで移動《いどう》していくのに気《き》づいた。

野《の》ウサギが、岩《いわ》のあいだを走《はし》っている。ひっしで逃《に》げているような感《かん》じだ。

視線《しせん》を上《うえ》にずらすと、ワシが、今《いま》にもウサギにおそいかかろうとしていた。

ふたたび地上《ちじょう》に視線《しせん》をおろしたとき、はっとした。

湖《みずうみ》にそって、柵《さく》のようなものが見《み》える！　そして柵《さく》のむこう側《がわ》には、黄色《きいろ》っぽい白《しろ》の点々《てんてん》があった。

ヒツジだ！　牧場《ぼくじょう》にちがいない。牧場《ぼくじょう》があるということは、ヒツジのめんどうを見《み》ている人《ひと》が、近《ちか》くにいるということだ！

はやく牧場《ぼくじょう》へ行《い》きたい。

でも、対岸《たいがん》はすぐそこに見《み》えるのに、湖《みずうみ》のふちにそって歩《ある》くと、かなりの遠《とお》まわりになる。おまけに、岸《きし》には大《おお》きな岩《いわ》がごろごろしていた。その点《てん》、湖《みずうみ》の氷《こおり》はかたそうだ。湖《みずうみ》をつっきって、近道《ちかみち》しようか。

湖《みずうみ》をつっきるなら　56　へ進《すす》む

湖《みずうみ》のふちにそって歩《ある》くなら　92　へ進《すす》む

97

くきと葉《は》っぱを食《た》べてみることにした。とにかく何《なに》か食《た》べないと、力《ちから》が出《で》ない。火《ひ》をおこして、少量《しょうりょう》の湯《ゆ》をわかす。その中《なか》にくきと葉《は》を入《い》れて、しばらくゆでた。少《すこ》しさましてから、食《た》べた。おいしくはなかったけれど、おなかがすいていたので、残《のこ》さず食《た》べた。

トレッキング旅行《りょこう》に参加《さんか》する前《まえ》に読《よ》んだ本《ほん》には、たしかにこの植物《しょくぶつ》のことがのっていた。だが、それは、〈食《た》べられる植物《しょくぶつ》〉のページではなかった。

この植物《しょくぶつ》は、ブルグマンシア・サングイネアまたはベニバナチョウセンアサガオ（98）といって、宗教《しゅうきょう》の儀式《ぎしき》で、幻覚《げんかく》を見《み》せるために使《つか》われることがある。食《た》べてしばらくすると気持《きも》ちが悪《わる》くなって、立《た》っていられなくなった。まぶたが重《おも》くなり……起《お》きたまま、夢《ゆめ》を見《み》ているような、きみょうな状態《じょうたい》におちいる。

アルパカになった夢《ゆめ》だった。

だれかといっしょだったなら、ようすがおかしいことに気《き》づいて、世話《せわ》をしてくれただろう。食《た》べた量《りょう》は、命《いのち》にかかわるほど多《おお》くはなかったけれど、夢《ゆめ》うつつで体《からだ》をあたためることに気《き》がまわらず、低体温症《ていたいおんしょう》になってしまった。

そのまま、きみょうな夢《ゆめ》から覚《さ》めることはなかった……。

ゲームオーバー

98 ベニバナチョウセンアサガオ

●アンデス地方《ちほう》に固有《こゆう》の植物《しょくぶつ》で、ボリビア、コロンビア、エクアドル、ペルー、チリに分布《ぶんぷ》している。

●高《たか》さ5mほどまで成長《せいちょう》する。だ円形《えんけい》のうすい葉《は》に、大きなトランペット型《がた》の花《はな》がさく。花《はな》は下《した》むきにさき、長《なが》さは20cm前後《ぜんご》、色《いろ》はピンク色《いろ》からこい赤《あか》になる。よく似《に》た種類《しゅるい》のキダチチョウセンアサガオは、白《しろ》や黄色《きいろ》い花《はな》をつけ、香《かお》りがよい。

●アンデス地方《ちほう》では、宗教的《しゅうきょうてき》な儀式《ぎしき》で、霊界《れいかい》と交信《こうしん》するために用《もち》いられることがある。

●リューマチ、関節炎《かんせつえん》、のどや胃《い》の痛《いた》みをやわらげたり、傷《きず》を消《しょう》毒《どく》したりするために用《もち》いる部族《ぶぞく》もある。

99

野生動物《やせいどうぶつ》は、あまり清潔《せいけつ》とはいえない。池《いけ》の水《みず》にふんや尿《にょう》がまじるなんて、しょっちゅうだ。そして、この池《いけ》もそうだった。沸《ふっ》とうさせる手間《てま》をおしんだばかりに、雑菌《ざっきん》の入《はい》った水《みず》を飲《の》んでしまった。

次《つぎ》のページへ

歩《ある》きはじめてしばらくすると、気持《きも》ちが悪《わる》くなってきた。熱《ねつ》もあるようだ。はいても、気分《きぶん》はよくならない。それでもがんばって歩《ある》こうとしたが、つらくて、たびたびとまって休《やす》んだ。

下痢《げり》が始《はじ》まった。ついに歩《ある》けなくなり、その場《ば》にすわりこんで、横《よこ》になる。助《たす》けてくれる人《ひと》などいない。水《みず》も塩《しお》もなく、失《うしな》った水分《すいぶん》をおぎなうことができなかった。

たおれたところが、サバイバルの終着点《しゅうちゃくてん》になった。

水《みず》を沸《ふっ》とうさせてから飲《の》んでいれば、こんなところで命《いのち》を落《お》とすこともなかったのに……。

ゲームオーバー

100 水《みず》が原因《げんいん》となる病気《びょうき》（代表的《だいひょうてき》なもの）

●コレラ：コレラ菌《きん》を原因《げんいん》とする感染症《かんせんしょう》で、ひどい下痢《げり》を引《ひ》き起《お》こす。すぐに治療《ちりょう》しないと、たちまち死《し》にいたる。

●赤痢《せきり》：赤痢菌《せきりきん》によるものと、アメーバによるものがある。どちらも、主《おも》な症状《しょうじょう》は、はき気《け》と下痢《げり》だ。アメーバ赤痢《せきり》の場合《ばあい》、治《ち》療《りょう》しないと死ぬこともある。

●腸《ちょう》チフス：腸《ちょう》チフスにかかった人《ひと》の排泄物《はいせつぶつ》が飲《の》み水《みず》にまざることにより、感染《かんせん》する。主《おも》な症状《しょうじょう》は発熱《はつねつ》と発汗《はっかん》で、下痢《げり》をともなうこともある。腸《ちょう》チフスで死《し》ぬ人《ひと》もいる。

●その他《た》：腸《ちょう》に寄生《きせい》したウィルスは、あらゆる深刻《しんこく》な症状《しょうじょう》を引《ひ》き起《お》こす。サバイバルで水分《すいぶん》を補給《ほきゅう》するときは、かならず沸《ふっ》とうさせてから飲《の》むこと。

101

モルモットのあとを追《お》って岩場《いわば》を登《のぼ》っているとちゅう、足《あし》をすべらせて、落下《らっか》しそうになった。モルモットはどんどん登《のぼ》って、大《おお》きな岩《いわ》のすき間《ま》に入《はい》りこんで見《み》えなくなった。

このまま登《のぼ》っていけば、仲間《なかま》のモルモットが見《み》つかりそうだ。

でも、このへんで、あきらめたほうがいいような気《き》もする。たしかにおなかはすいたけれど、まだがまんできる。

あきらめるなら 106 へ進《すす》む
このまま登《のぼ》りつづけるなら 61 へ進《すす》む

102

おなかがグーッと鳴《な》った。もう長《なが》いあいだ、何《なに》も食《た》べていない。空腹《くうふく》で胃《い》が痛《いた》くなるほどだ。急《いそ》いで食《た》べ物《もの》を手《て》に入《い》れないと、体《からだ》が弱《よわ》ってしまうかもしれない。

ふと、見《み》たことのある植物《しょくぶつ》が目《め》に入《はい》った。小《ちい》さな木《き》から、トランペットをさかさにしたような形《かたち》の、赤《あか》い花《はな》がぶら下《さ》がっている。

次《つぎ》のページへ

トレッキング旅行《りょこう》に出発《しゅっぱつ》する前《まえ》に、アンデス山脈《さんみゃく》について書《か》かれた本《ほん》を読《よ》んだ。たしか、トランペット型《がた》の花《はな》がのっていた。〈食《た》べられる植物《しょくぶつ》〉のページだったような気《き》がする。

食《た》べてみるなら 97 へ進《すす》む
食《た》べるのはやめておくなら 83 へ進《すす》む

103

親鳥《おやどり》に気《き》づかれないようにしなければ。足音《あしおと》をたてないように注意《ちゅうい》して、ヒナ鳥《どり》のほうへ近《ちか》づいた。

次《つぎ》のページへ

ふいに、親鳥《おやどり》がこちらを見《み》たかと思《おも》うと、両方《りょうほう》の翼《つばさ》を広《ひろ》げて、かん高《だか》い鳴《な》き声《ごえ》をあげた。どきりとして、足《あし》をとめる。親鳥《おやどり》は興奮《こうふん》しているし、ヒナ鳥《どり》もピーピー鳴《な》きまくっている。

いきなり、親鳥《おやどり》がものすごいいきおいで突進《とっしん》してきた！

まわれ右《みぎ》をして、むちゅうで走《はし》る。だが、あせるあまり、岩《いわ》につまずいてころんでしまった。頭《あたま》を強《つよ》く打《う》って、意識《いしき》を失《うしな》った。

助《たす》けてくれる人《ひと》もいないまま、二度《ど》と目覚《めざ》めることはなかった。

ゲームオーバー

104 レア

●ダーウィン・レアまたはレッサー・レアとよばれる。アメリカ・レアという種類《しゅるい》もある。

●ダーウィン・レアの成鳥《せいちょう》は、体長《たいちょう》1mほどになる。レアは時速《じそく》60kmと、走《はし》るのがはやい。

●グアナコやビクーニャの群《む》れの近《ちか》くにいることが多《おお》い。5羽《わ》から30羽《わ》の群《む》れをつくる。

●鳥類《ちょうるい》にはめずらしく、卵《たまご》をだいてあたためるのはオスだ。40日《にち》ほどでヒナがかえると、それから数《すう》か月《げつ》のあいだ、オスが子《こ》育《そだ》てをする。繁殖期《はんしょくき》から子育《こそだ》ての期間《きかん》、オスのレアは攻撃的《こうげきてき》になることがある。

●ダーウィン・レアは、かの有名《ゆうめい》な自然科学者《しぜんかがくしゃ》、チャールズ・ダーウィンが発見《はっけん》した。同行者《どうこうしゃ》がレアを仕《し》とめて食《た》べはじめてから、それが新種《しんしゅ》の鳥《とり》だと気《き》づいたダーウィンが、残《のこ》った部分《ぶぶん》を回収《かいしゅう》して研究《けんきゅう》したという。

105

ごつごつした岩《いわ》をこえると、あざやかな青色《あおいろ》の水《みず》をたたえた湖《みずうみ》が、目《め》に飛《と》びこんできた。かなり大《おお》きな湖《みずうみ》で、ごつごつした岩《いわ》や、低木《ていぼく》のしげった草地《くさち》にかこまれている。あの湖《みずうみ》まで行《い》けば、魚《さかな》がとれるかもしれないし、水筒《すいとう》をいっぱいにすることもできる。

でも、斜面《しゃめん》を下《くだ》って湖《みずうみ》につくまで、一時間《じかん》くらいかかりそうだ。わざわざ行《い》く価値《かち》があるだろうか？

やめて、このまま進《すす》もうか？

湖《みずうみ》まで行《い》くなら 85 へ進《すす》む
湖《みずうみ》へ行《い》かず歩《ある》きつづけるなら 55 へ進《すす》む

106

おなかはすいているが、先《さき》へ進《すす》む元気《げんき》は残《のこ》っている。食《た》べ物《もの》より、水《みず》のほうがずっと重要《じゅうよう》だ。食《た》べなくても、なん週間《しゅうかん》か生《い》きのびることができるからだ。うえる前《まえ》に、救助《きゅうじょ》してもらえばいい。

空《そら》を見《み》あげて、ヘリコプターか飛行機《ひこうき》をさがす。でも、目《め》にうつるのは、青《あお》い空《そら》をすべるように飛《と》ぶ、二羽《わ》のコンドルだけだ。

巨大《きょだい》な岩《いわ》がごろごろころがっている道《みち》は歩《ある》きにくかったが、きっとうまくいくと自分《じぶん》に言《い》い聞《き》かせて、前《まえ》へ進《すす》んだ。

89へ進《すす》む

107

永遠《えいえん》につづくかと思《おも》われた長《なが》い道《みち》を歩《ある》きとおして、ようやく柵《さく》までたどりついた。

あちこちで、ヒツジが草《くさ》をはんでいる。目《め》をこらして、人《ひと》をさがした。遠《とお》くから、おーいとよぶ声《こえ》が聞《き》こえた。見《み》ると、馬《うま》に乗《の》った人《ひと》が二人《ふたり》、手《て》をふっている！

うれしくてうれしくて、とび上《あ》がりたい気分《きぶん》だった。

その人《ひと》たちの家《いえ》に連《つ》れていってもらって、あたたかい食事《しょくじ》をごちそうになった。片言《かたこと》のスペイン語《ご》で、トレッキング中《ちゅう》に遭難《そうなん》したことを伝《つた》えると、すぐに町《まち》と連《れん》絡《らく》をとってくれた。

雪山《ゆきやま》サバイバルは、終《お》わった。

自分《じぶん》の力《ちから》で生《い》きのびて、山《やま》をおりることができたのだ！

ゲームクリア

108 アンデスに住《す》む人々《ひとびと》

アンデス地方《ちほう》には、なん千年《ぜんねん》も前《まえ》から人《ひと》が住《す》んでいる。

たとえばヤーガン族《ぞく》は、一万年以上前《まんねんいじょうまえ》からティエラ・デル・フエゴでくらしてきた。南《みなみ》アメリカ大陸《たいりく》の先住民《せんじゅうみん》たちは、ときとともに、ヨーロッパからの移住者《いじゅうしゃ》と混血《こんけつ》していったため、今《いま》では、純粋《じゅんすい》なヤーガン族《ぞく》の血《ち》を引《ひ》く末裔《まつえい》は、たった一人《ひとり》だ。多《おお》くがスペイン語《ご》を話《はな》すが、今《いま》でもヤーガン語《ご》を使《つか》う人々《ひとびと》もいる。ティエラ・デル・フエゴ（火《ひ》の土地《とち》）という島《しま》の名前《なまえ》は、ヤーガン族《ぞく》のたき火《び》にちなんでいる。世界一周《せかいいっしゅう》をなしとげたマゼランの一行《いっこう》が、この火《ひ》を見《み》て、名《な》づけた。

南《みなみ》アメリカ大陸《たいりく》の北部《ほくぶ》では、人々《ひとびと》は高地《こうち》でくらしている。ヨーロッパ人《じん》がやってくる前《まえ》、インカの人々《ひとびと》は、中央《ちゅうおう》アンデスにアメリカ大陸最大《たいりくさいだい》の帝国《ていこく》をきずいていた。ボリビアのラパスは、世界《せかい》でもっとも高《たか》い場所《ばしょ》にある首都《しゅと》で、標高《ひょうこう》が三六四〇メートルもある。高地《こうち》は空気《くうき》がうすいため、体《からだ》に負担《ふたん》がかかるが、長《なが》くらしている人々《ひとびと》は、体《からだ》が慣《な》れている。

南《みなみ》アメリカ大陸《たいりく》で最大規模《さいだいきぼ》の先住民族《せんじゅうみんぞく》はマプチェ族《ぞく》で、現在《げんざい》、その大部分《だいぶぶん》はチリに住《す》んでいる。マプチェ族《ぞく》は十六世紀《せいき》から十八世紀《せいき》にかけて、スペインの入植者《にゅうしょくしゃ》にはげしく抵抗《ていこう》した。十九世紀《せいき》に入《はい》ると、チリ政府《せいふ》がマプチェ族《ぞく》の保護《ほご》区を設定《せってい》した。

アンデス地方《ちほう》の人々《ひとびと》は、おもにヒツジやヤギやラマやアルパカを飼育《しいく》して、生活《せいかつ》している。鉱山《こうざん》もあり、石炭《せきたん》、鉄《てつ》、銀《ぎん》、金《きん》、スズ、銅《どう》がとれる。ペルーにあるヤナコチャは、世界屈指《せかいくっし》の金鉱《きんこう》だ。

一八六五年《ねん》、百五十人《にん》ほどのウェールズ人《じん》がパタゴニアにやってきて、アルゼンチンで最初《さいしょ》のウェールズ人入植地《じんにゅうしょくち》をきずいた。現在《げんざい》パタゴニアには、ウェールズ語《ご》を話《はな》す人《ひと》が千人以上《にんいじょう》いる。

109 アンデスのすごい動物《どうぶつ》たち

この本《ほん》に登場《とうじょう》した動物《どうぶつ》（ピューマ、チコハイイロギツネ、テンジクネズミ、チンチラ、グアナコ、ゲマルジカ、アンデスコンドル、ダーウィン・レア）のほかにも、アンデスにはめずらしい動物《どうぶつ》がたくさん生息《せいそく》している。

- ビスカーチャは、世界一《せかいいち》かわいい動物《どうぶつ》のひとつだろう。灰色《はいいろ》のふわふわのウサギに長《なが》いしっぽが生《は》えたような外見《がいけん》だが、ネズミの仲間《なかま》だ。アンデス高地《こうち》の、乾燥《かんそう》した地域《ちいき》に生息《せいそく》している。ビスカーチャは、地中《ちちゅう》に巣穴《すあな》をトンネルのようにはりめぐらせる。アルゼンチンの草原《そうげん》に生息《せいそく》する種類《しゅるい》もある。
- ダーウィンハナガエルは、チリとアルゼンチンに生息《せいそく》している。茶色《ちゃいろ》または緑色《みどりいろ》で、口《くち》がとがっている。オスが口内保育《こうないほいく》をするという、きわめてめずらしい習性《しゅうせい》をもつ。産卵《さんらん》から３週間後《しゅうかんご》、1.3㎝ほどに成長《せいちょう》した小《ち》さなカエルが、オスの口内《こうない》から飛《と》び出《だ》してくる。このカエルを最初《さいしょ》に発見《はっけん》したのは、チャールズ・ダーウィンだ。
- メガネグマは、南米大陸《なんべいたいりく》に生息《せいそく》する、ゆいいつのクマだ。アンデス地域《ちいき》の、標高《ひょうこう》が4,300ｍもある雲霧林《うんむりん》にすむ。毛《け》の色《いろ》は茶色《ちゃいろ》か黒《くろ》で、目《め》のまわりにメガネのような白《しろ》いもようがあるので、メガネグマの名《な》がついた。オスのメガネグマは、体長《たいちょう》1.8ｍ、体重《たいじゅう》150kgまで成長《せいちょう》する。草食《そうしょく》だが、肉《にく》を食《た》べることもある。
- ヘンディーウーリーモンキーは、アンデス山脈《さんみゃく》でもペルーでしか見《み》られない。一時《じ》は絶滅《ぜつめつ》したと思《おも》われていたが、1974年《ねん》に再発見《さいはっけん》された。現在《げんざい》でも、たいへん数《かず》が少《すく》ない。

110 ほんとうにあった、アンデス山脈《さんみゃく》のサバイバル物語《ものがたり》

アンデス山脈《さんみゃく》で遭難《そうなん》する人《ひと》は、じっさいにいる。その多《おお》くが、悲《ひ》さんな最期《さいご》をむかえる。

ウルグアイのラグビーチーム

一九七二年《ねん》、ウルグアイのラグビーチームを乗《の》せて、アルゼンチンからチリへむかっていた飛行機《ひこうき》が、アンデス山脈《さんみゃく》に墜落《ついらく》した。

墜落《ついらく》の衝撃《しょうげき》で、乗員乗客《じょういんじょうきゃく》四十五人中《にんちゅう》、十七人《にん》が亡《な》くなった。生《い》き残《のこ》った人々《ひとびと》は、ほとんど食料《しょくりょう》のないまま、標高《ひょうこう》三六〇〇メートルの地点《ちてん》に取《と》り残《のこ》された。ラジオはあったが、連絡手段《れんらくしゅだん》はなく、生存者《せいぞんしゃ》たちは、墜落《ついらく》から十一日後《にちご》に、捜索《そうさく》が打《う》ち

切《き》られたというニュースを聞《き》いた。

生存者《せいぞんしゃ》たちは、雪《ゆき》の中《なか》でこおっていた死者《ししゃ》の肉《にく》を食《た》べて、命《いのち》をつないだ。やがて二人《ふたり》の生存者《せいぞんしゃ》が助《たす》けをもとめて山《やま》をおり、十日間《かかん》さまよったのちに、人里《ひとざと》はなれた農場《のうじょう》を見《み》つけた。

七十二日目《にちめ》に救助《きゅうじょ》されたとき、生《い》き残《のこ》っていたのは、たった十六人《にん》だった。

ジョー・シンプソンとサイモン・イェーツ

一九八五年《ねん》、ジョー・シンプソンとサイモン・イェーツは、ペルーにあるシウラ・グランデに登《のぼ》った。

下山《げざん》のとき、シンプソンが滑落《かつらく》して、足《あし》の骨《ほね》を折《お》った。イェーツはシンプソンと自分《じぶん》の体《からだ》をロープでつないで下山《げざん》しようとしたが、吹雪《ふぶき》におそわれ、やむなくロープを切《き》った。自分《じぶん》の命《いのち》を守《まも》るためには、そうするほか、なかったのだ。シンプソンは五十メートルも滑落《かつらく》したが、一命《いちめい》をとりとめた。

そして、二人《ふたり》はそれぞれぶじに山《やま》をおりた。

シンプソンが当時《とうじ》の体験《たいけん》をつづった本《ほん》は、のちに『運命《うんめい》を分《わ》けたザイル』というタイトルで映画化《えいがか》された。

たったひとりのサバイバル・ゲーム!

極寒《ごっかん》の雪山《ゆきやま》を脱出《だっしゅつ》せよ

2016年11月30日　初版第1刷発行
2018年 5 月25日　　第4刷発行

著者　トレイシー・ターナー
訳者　岡本由香子
発行者　郡司　聡

発行所　株式会社KADOKAWA
〒102-8177　東京都千代田区富士見2-13-3
0570-002-301（カスタマーサポート・ナビダイヤル）
11:00〜17:00／土日、祝日、年末年始を除く
http://www.kadokawa.co.jp/

印刷・製本 株式会社 廣済堂

ISBN 978-4-04-104060-7　C8097　N.D.C.933 160p 18.8cm

Printed in Japan

カバー・本文イラスト　オズノユミ
装丁　出川雄一
DTPレイアウト　木蔭屋
編集　林　由香